献给从未将任何一刻视为理所当然的你

时常驻足，
放慢脚步，
回望千万次，
思念绵延不止。
无论留下的是怎样的痕迹，
只要存在过，就已足够。
如此坚信，便无遗憾。

你好，
珍贵的人

안녕,
소중한
사람

[韩] 郑瀚耿 著

薛 舟 译

浙江文艺出版社
Zhejiang Literature & Art Publishing House

图书在版编目（CIP）数据

你好，珍贵的人 /（韩）郑瀚耿著；薛舟译.
杭州：浙江文艺出版社，2025. 3. -- ISBN 978-7-5339-7642-2

Ⅰ. Ⅰ312.665

中国国家版本馆 CIP 数据核字第 2024JN7126 号

版权合同登记号：图字11-2023-413

责任编辑　汪心怡
责任校对　萧　燕
责任印制　吴春娟
装帧设计　徐然然

你好，珍贵的人

[韩] 郑瀚耿 著　薛舟 译

出版发行　浙江文艺出版社
地　　址　杭州市环城北路177号
邮　　编　310003
电　　话　0571-85176953（总编办）
　　　　　　0571-85152727（市场部）
制　　版　杭州天一图文制作有限公司
印　　刷　浙江新华印刷技术有限公司
开　　本　787毫米×1092毫米　1/32
字　　数　137千字
印　　张　10.25
插　　页　2
版　　次　2025年3月第1版
印　　次　2025年3月第1次印刷
书　　号　ISBN 978-7-5339-7642-2
定　　价　56.00元

版权所有　侵权必究

目 录

•

Part 1

致我们
你好，珍贵的人

Part 2

致自己

点菜尚且如此艰难，人生的选择当然也不容易

Part 3

致你
检查伤口

Part 4

致爱情
不要把你的宝石交给小偷

Part 5

致离别

有的爱情在离别之前就已经结束

致我们

你好，珍贵的人

你好，珍贵的人

有过深爱的人。

有过幸福的瞬间。

有过愉快的回忆。

有过感恩的心。

有过意气风发的时刻。

有过共同度过的岁月。

人生于世我们会遇到很多珍贵的东西。
但是因为没能看得清楚，便擦肩而过。

我想原封不动地藏起所有的珍贵
镌刻在心灵深处最坚固的地方。

如果真能做到
相信我能坚强地面对任何苦难。

也许人生于世
就是不停地积攒珍贵的时间吧。

我想告诉离去的人们
告诉依然守在我身边的人们

我也想告诉我自己：

你好，珍贵的人。

我想原封不动地
藏起所有的珍贵
镌刻在心灵深处
最坚固的地方。

诉 说 委 屈

诉说委屈的人

常常让人感觉到
比任何告白都更特别的爱意。

之所以吐露委屈

也是出于爱对方的纯真之心

因为不想让委屈与失望混合

从而让爱变色

因为不想
掺入任何杂质
只想纯粹地去爱对方。

请给我拥抱。

所谓委屈
也是爱意的
另一种表达。

标　准

"怎么会为这点小事委屈呢?"

仿佛委屈这件事
还有"标准"
告诉我们什么事可以委屈

似乎对方的委屈
没有达到"标准"

于是我们追问理由的时候

心爱的人
明明因为委屈而心痛
我们却觉得理由比事实重要的时候

关系就开始变得扭曲。

我们让心爱的人痛苦
这本身足以成为拥抱委屈的理由。

如果相爱
那就不要给对方的伤痕
强行添加自己的标准。

理解的开始

　　少年喜欢关着窗户，而少女喜欢细微的事物从敞开的窗户缝隙间渗透进来。少年无法理解少女。安静而沉稳的少年，讨厌外界的噪音，讨厌灰尘进入房间。少女同样无法理解少年。彻底隔绝了世间美好的事物，过着郁闷的生活，少女无法理解这样的少年。如果双方继续坚持自己的想法，他们将永远无法靠近对方。

其实，理解的开始并不需要多么了不起的心态。如果尊重少女的意愿打开窗户，少年可能就没有了平日安稳和幽静的感觉。不过，突然吹来的风会给人深深的安慰，渗入的阳光也会让人有意想不到的感动。

所谓理解，不就是这样吗？从价值观不同于自己的对方身上发现阳光般的优点。偶尔打开窗户，全身心感受对方的心情。这样就能靠近彼此的不同。

其实，理解的开始
并不需要多么
了不起的心态。

关于真正的安慰

　　真正的安慰是什么？我曾经思考过这个问题，并且一度认为安慰就是扶起倒地的对方。即使听起来不舒服，也会说些具有实质性帮助的话，努力把坚强的力量传递给对方，让对方能够昂首挺胸地面对人生。有人说，我也想以强者的姿态面对世界，我也想理直气壮地看自己，可是做不到。明明那么恳切地渴望，结果却不尽如人意。有时候，这种话令人心痛。

现在我知道了。对于没有力气站起来的人而言，并非只有教他站起来的方法才是为他好。对于想要坐在地上哭泣的人来说，真正的安慰也不只是教他不哭的方法。对于正在承受痛苦的人来说，最需要的不是明天的幸福，而是熬过现在的力量；顺利过完今天的人，才有明天的希望。

真正的安慰不是渊博的知识或出色的口才，而是真心。我可以将真心的温暖注入某个人的心灵吗？我的心能不能以安慰的名义抵达对方？我能保护我珍爱的人不受难忍之痛吗？相比照亮明天，我更想做陪伴对方度过今天的人。

我站的位置和别人不同

人们常说，人生没有那么简单。不过是停下来发会儿呆，结果什么也没做成。看看周围的人吧，如果不打起精神，就会落后。真的是这样。只要稍稍转头，就会看见那些匆匆忙忙地走着自己的路的人，继而发现自己落在他们的后面，于是恐惧、不甘落后，希望自己也像他们那样自信地融入社会。最重要的是，想要得到认可。

我也在慢慢地挪动脚步，跟着跑向他们前进的方向。我不断地提醒自己，绝对不可以落后。我竭尽全力想要超过跑在前面的人，全力以赴甩掉身后追赶的人。就这样，我在漫长的时光中永不停息地奔跑着。突然，我发现一个和别人不同的人。他脱离了队伍，按照自己的速度前行，不愿意融入竞走队伍。他酷似从前的我，却又和我不一样，脸上带着最幸福的微笑。他走的是属于自己的路。

　　有时，落后于别人会造成难以承受的恐惧。那时的我太过无力，完全把自己交给他人的视线。我试图在别人的视线里寻找自己存在的意义，试图从别人的判断中获取自己的人生价值。但是，现在我明白了，所有的原因不在别处，而在于我的内心。我不知道自己为什么要前进，只是跟随他人的速度调整自己。我不确定自己要去往什么方向，所以相信别人的意见就是正确答案。归根结底，所有的恐惧都来源于不自知。

每个人都有失去自己视线的时候，也有因为过分专注于他人的视线而无法正视自己真心的时候。为了彻底活出自我，我们要不断地为模糊的自己涂色。我喜欢什么，想要什么，是不是真的想要，希望自己今后是什么样子，我真正该去的地方是哪里——像这样不断地问自己。

明确自己追求的价值是什么，并且真正相信这种价值，理直气壮地告诉全世界：这是我想要的，而不是别人想要的。无所畏惧地追求属于自己的幸福。只有做到这些的时候，我们才能发现不被他人的模样、他人的速度、他人的视线、他人的判断左右的自己。到那时候我们就会知道：

此刻我站的位置和别人不同，
并不意味着我落后于别人，
而是我有着与众不同的方向。

你的收件箱里有未被确认的心意

我们错过了
多少幸福?

错过了多少
珍贵之人的心意?

尽管我经常战战兢兢
担心自己的心意

没有被如实传达给对方

却也没有特别用心地
去领会他人的心意。

我们就这样活着。

收件箱里
堆积着没有确认的信
一封都没有打开。

所有的心思
都集中于
我的心意有没有传达给对方。

珍贵之人的爱
常常因为太近而被忽视
而幸福其实就在其中。

只有全身心感受到他们的爱
幸福才会靠近。

幸福就在身边
我们随时可以得到
只要我们正视幸福。

请确认心意。
你的收件箱里
有未被确认的心意。

天 气 预 报

今天你会降临
所以不用带伞。

欣然称之为爱

我们无法了解某人隐藏的痛苦，无法了解某人埋在心底的故事，每个人都有各自的苦衷积累于心。今天我们又走过了一段漫长的旅程。

我突然冒出这样的想法：对于擦肩而过的人们，我在他们的记忆里代表着多大程度的痛苦？共同度过人生某个阶段的人们，将来会成为他人的珍贵之人，怀抱着不同的痛苦，走向各自的幸福。到今天为止，我送走了多少珍贵之人？忍受了多少空虚？

尽管这样，我们还是把珍贵之人再次放在了身边，宁愿忍受那么多的痛苦。爱与痛苦相伴。没有痛苦，也就无法把心交给另一个人。尽管如此，只要我们拥有爱的勇气，那个人就是具有痛苦价值的人。即使有点痛苦，也不停下脚步，心甘情愿地走向并不透明的未来——只有以爱的名义可以做到。

我们无法了解某人隐藏的痛苦，无法了解某人埋在心底的故事，无从了解某个人的脚步有多么重大的意义。勇敢地朝对方迈出的脚步，我们愿意称其为爱。

发挥爱的瞬间

对方生气的时候，主动上前
并不是什么难事。

在自己的心情不受伤害的时候
拥抱生气的对方
或许是恋人之间理所当然的举动。

需要勇气的是

在自己也感到委屈的时候
拥抱对方。

很多恋人看到对方不了解自己的委屈
只是诉说自己的心事，所以感到痛苦。

双方争吵、受伤的时候
大部分不是主动去靠近对方
而是等待对方主动靠近自己。

自己的委屈，可以轻松合理化
却不肯承认对方的委屈。

如果双方都有这样的想法
恐怕需要很长时间才能和解。

正是这样的瞬间
才需要发挥爱的力量。

我认为真正的深爱

来自压抑自己的委屈
却能拥抱对方的心灵。

来自优先考虑对方的感情
而不是自己的心灵。

如果你身边有人深藏自己的委屈
却努力关照你的情绪

无论怎样争吵，只要你笑了
对方就笑着说"总算消气了，谢天谢地"
如果你身边有这样值得感激的人

或许那个人
比你想象的
更爱你。

因留下而闪耀

不要因为曾经宝贵的东西渐渐远去而心生怨恨。不能因为爱情无法永恒而认为从前的幸福没有意义。曾经分担悲伤的关系、曾经赠予我回忆里闪光微笑的人，仅仅因为现在的疏远而成为怨恨的对象，这是太令人痛心的事情。

世界上有些东西，只有留在那里，才会拥有永恒的美丽。曾经的爱情，曾经的幸福，曾经停留在我们身边的一切。世上存在着没有怨恨的离别。不必因为渐渐远去而否定所有的回忆。曾经爱过的，就原封不动保留在那里吧。不要用现在的痛苦评判当初的爱情。我们曾经那样爱过。

当时，我们也没想过我们的爱情会成为曾经。

世界上
有些东西，
只有留在那里，
才会拥有永恒的美丽。

不 想 适 应

也许爱很容易变质吧，所以我才试图记住，记住那个不能不爱上你的瞬间的感情。

也许我太单纯了。我只是想把温暖传递到你的指尖，把灰色的世界涂成属于我们的颜色，让它变得更加美丽。我只是想代替你拥抱肆意钻入生活缝隙的痛苦，想要沉浸于你因我而变得灿烂的微笑。这些都不是什么了不起的原因，每个原因都很简单。

但很多东西都变了。原来特别的事情很快就成了日常。今天，我紧紧拥抱了我们的小狗。总是以忙碌为借口，不能好好抱抱它。我忘了在我疲于生活的时候，唯一无条件支持我的小家伙是多么值得感激。现在，我不想忘记。那些围绕在我身边的珍贵，那些因为生活所迫而不知不觉错过的值得感恩的事情，谢谢。谢谢你陪伴在我身边。

今天，我想通过这篇文章表达我的心情。你是那么珍贵，我永远都不想适应。

回　忆

为了不再重读
而插了书签的书页
却成了常常被翻开的那一页。

痕　　迹

你，这个字眼
不容易抹去。
因为写的时候太过用力。
你应该早点儿告诉我的
也许要擦掉全部。
啊
那也没什么区别。
我不会轻轻地写。

像　你

　　你喜欢冬日的芳香，而怕冷的我喜欢夏夜的雨声。你很活泼，而我性情安静，休息日可以从早到晚看书。你善于表达，而我只会笨手笨脚地拥抱你。你喜欢在我怀里睡觉，而我喜欢看你在我怀里睡觉的样子。

　　我越来越像你。我爱上了冬日的芳香，也懂得了表达的快乐。我喜欢上了运动，也经常靠在你的肩膀上睡觉。也许那时的你也会越来越像我。你看过我睡觉的样子吗？越来越像你，这是多么宏大的幸福。

时间过了那么久，现在你还愿意教我吗？怎样才能越来越像你，像不再爱我的你。

关于错误的坚持

"到现在为止都做得很好，再坚持一下吧。"

"不要去在意那些没用的东西。"

"按照最初的选择继续推进。"

"这么快就有这种想法了，看来你没有恒心。"

这个世界有时会强调很多奇奇怪怪的坚持，赞美坚持，蔑视新选择。朝着不同于最初选择的方向前行，则被认为是缺少恒心，有时还被粗暴地指指点点。人们大肆责难，说你又放弃了。

可是，真正的坚持并非如此。

已经竭尽全力坚持过了，未来已经不在那个地方，却怀着对脱离现在的茫然恐惧而咬牙固守最初的选择。我认为这不是正确的坚持。

所谓坚持，要建立在正确的选择之上脚踏实地去积累。

明明选择错误却还要坚持，这才是真正没有意义的行为。

有时候走着走着，我们不再确信自己选择的路。经历了许多事之后，当初的计划可能发生了变化。现在的选择不同于当初的选择，并不意味着彻底放弃。有时为了重新选择，我们有必要克服恐惧，摧毁当初的计划。

无须担心。

重新作出选择，并以更为成熟的姿态继续积累，坚持下去。

堂堂正正地，将自己的选择变成正确的选择即可。

被对未来的恐惧淹没的现在啊，也许正是更加坚定地相信自己的时候。

哭 的 勇 气

"没事吧?"

"嗯，没什么事。"

现在的我们把"没事"当成口头禅，理所当然地掩藏起痛苦。在痛苦的瞬间，如果可以向某个人坦言自己的痛苦，我们就会感到安心。可是看着身边的人极力掩饰痛苦的样子，真的难以忍受。

不知从什么时候开始，每当遇到珍贵的人时，我习惯于观察对方的心理。那是超出必要程度的观察。我即使清晰地发现了对方的痛苦，也不会轻易询问。因为我知道，不论出于什么意图，挖掘本人不愿袒露的心事都只是自己的贪欲罢了。我只是开个博对方一笑的玩笑，以此代替我的真心。笑过之后，仿佛我们之间进行了无言的对话，温暖在心底传递。在这个习惯了隐忍痛苦的时代，我们就用这种方式表达对彼此的安慰。

心灵似乎还来不及成熟，我们就被岁月追逐着成为表面成熟的大人。每个人都不约而同地以成人之名，急于遮掩自己的痛苦。忍受痛苦的确是很酷的事，然而不能正视痛苦，对痛苦视而不见，似乎也不是健康的治愈方法。我想告诉习惯于掩藏痛苦、吞下眼泪的人们，偶尔像小孩子似的倾诉痛苦也无妨。如果不能在别人面前倾诉，也可以面对自己尽情表达。

人生在世不容易，越长大越不容易。随着时间的推移，我们需要承担的责任越来越多，苦恼也越来越多。现实不停地按压我们，却没有解决办法。我们在人际关系中受到的伤越来越深，渐渐地恐惧与人交往。世界如此艰难，但我们不能理所当然地忍受。世界如此艰难，我们大哭一场也无妨。没有谁是为了忍受痛苦而出生的，我们有权利梦想幸福的人生。

　　也许真正的长大成人，
　　并不是学会吞下眼泪，
　　而是拥有该哭就敢哭出的勇气。

　　我们渐渐明白
　　这不是犹豫不决，
　　而是赋予自己力量的行为。

　　　请赐予我哭泣的勇气。

请让我明白，眼泪的尽头

飘浮着被我们的灵魂洗净的彩虹。

若不下雨，也不会有彩虹。

请让我在泪水的三棱镜里

看见我身份的秘密。

请赐予我勇气，

不仅能看见盛在泪水中的一切，

也能抵达泪水指引的地方。

请让我看见泪水指引的地方，

彩虹的彼岸，

那是我的原乡。①

① 肯·吉尔著，尹钟植（音）译，《灵魂之窗》，韩国花铲出版
社，2007，P100。

顶尖的羞涩

森林里的树木都会保持适当的间距。为了不挡住依赖自己生存的小树小草的阳光，或者不给旁边的树木造成不便，它们维持着适当的距离。这种现象叫作"顶尖的羞涩"。当然，这种现象也包含着自我保护的本能。因为这种树木的羞涩，森林里的植物得以互不侵犯各自的领域，和谐共存。

人际关系也是如此。无限靠近并不是维持关系的唯一方法，反倒是保持适当的距离看对方，才能更智慧地维持深度关系。从前，为了和喜欢的人在一起，我总是努力拉近距离，不想有丝毫间隔，并且常常为此焦虑。现在我知道了，这也是因为我的贪欲。

走在人生路上，我们会遇到想要并肩走到最后的人，自然而然就想和他们靠近。因为这份感情太深，有时我们会有太多的期待。不知不觉间，我们以爱之名要求彼此的越来越多。这种行为会让对方感觉到沉重的负担。

树木们知道吗？我们今后还要共同度过漫长的岁月，为此应该保持适当的距离。不论是为自己，还是为对方，我们都有必要彼此保持适度的羞涩。不必为彼此间存在距离而感到失落。尊重各自的距离一路相伴，终会迎来迫切需要彼此温度的时刻。在那时如果能将肩膀借给对方，也算彼此发挥了作用。

保持距离前行，需要彼此之间有足够的信任。现在，我对人生之苦已经有所了解，所以我想对珍贵的人们说：

走在人生路上，

有时我们的距离稍微远了点儿，

不用太过在意。

当你需要我的时候，随时来找我。

我愿意把我的肩膀借给你。

我们就以这种方式相处吧。

就这样一路走到最后。

不论是为自己，

还是为对方，

我们都有必要

彼此保持适度的羞涩。

不可错过的人

随着时间的流逝
真心为我高兴的人越来越少。

小时候我以为祝福他人理所当然。
现在我很清楚这是多么困难的事。

只能如此。
因为生活的上坡路越来越陡。

我的苦难越多

真心为他人祝福的精力就越少。

有人却能做到这么困难的事。

不管自身境况如何

真心为珍贵的人祈福的人

当他人遇到好事，发自真心地为之高兴的人

即使自己还站在陡峭的悬崖

也会为先到达顶峰的人竖起大拇指的人

或许，这些就是绝对不能错过的人吧。

一万元①的康乃馨

我像往常一样，坐在咖啡厅的角落里处理积压的工作。咖啡厅里嘈杂的声音陆续消失的时候，我收拾好东西回家。回家路上，我看见放在商场门前的花篮。啊，对了，明天是父母节。最近总是很忙，没顾上这件事。我拿起准备送给母亲的康乃馨花篮，面露羞涩地去结账。买花这种事，我真的不

---

① 指一万韩元，约等于人民币54元。——译注

习惯。

走在小巷里，我突然看了看拿在右手的花篮。只有一个。我给父亲送过康乃馨吗？不记得了。啊，好像有过一次。那是很小的时候，我用彩纸叠了一朵康乃馨送给父亲。只有那一次。长大之后，我也的确想过送礼物，然而每每想到父亲，我就没有了勇气。父亲不会表达……我总是发牢骚，怪罪父亲冷淡的性格。可是，我竟然从那之后再也没送过父亲康乃馨。看来我也真是个冷淡的儿子。

我停下脚步，仔细回想那段时光。我用软乎乎的小手把康乃馨挂在父亲胸前，父亲淡淡地笑了。尽管没有明确表达什么，但是他笑得比任何人都要幸福。

我转身回到商场，提着最后一个康乃馨花篮去结账。一万元。父亲会喜欢这种令人脸红的礼物吗？终究还是要凋零，为什么要浪费钱买这种东西？父亲肯定会批评我。打开大门，我扭扭捏捏地走进去，很安静。我小心翼翼地脱下鞋子，打开卧室的门，父亲和母亲都睡着了。我悄悄地把康乃馨花篮放在他们的床头。放在父亲床头的康乃馨花篮显得格外尴尬。

第二天，父亲的Kakao Talk[①]头像
换成了一万元的康乃馨花篮。

---

① 韩国常用的即时通信工具，类似中国的微信。——译注

忠告和共鸣的顺序

　　面对难以承受的悲伤时，最先想到的肯定是占据内心最重要位置的人，也是对我的事情能给予最深切共鸣的人，更是在比任何人都近的地方安抚我的痛苦的人。如果这个人的举动迥异于从前，没有正视我的悲伤，而是以自己的视角对我做出判断，由此带来的失望感足以动摇我们的关系。我的悲伤受到最爱之人的怀疑，我好不容易说出来的痛苦，却被人做出对与错的判断。当发现自己开始放弃与对方产生共鸣的时候，我就会预感到这段关系到头了。

"你总是对琐碎的小事反应很敏感。"
"我没想到这件事会让你如此苦恼。"
"说实话，这种时候我无法理解你。"
"现在不是因为这种事浪费时间的时候。"

我们常常情不自禁地在对方的痛苦中加入自己的视角。最先说的不是对他人痛苦的共鸣，而是自己的判断。这件事有那么难吗？有那么痛苦吗？你停留在痛苦之中的时间是不是太长了？我们常犯这样的错误：没有经历过对方的状况，仅凭猜测忽视对方的感受。我们用自己的尺度判断对方，好像知道标准答案似的推开对方。我们自信满满地以为自己可以解决他人的痛苦。人家都没有了站起来的力气，我们却建议他好好走路。

痛苦最需要的是共鸣，其余的一切都是次要问题。提供新的出路，为对方注入再次遇到痛苦时可以熬过去的力量，这些留到给予对方共鸣、拥抱对方之后也不迟。如果我们珍视对方，真心想要安抚对方的痛苦，真心希望对方不再痛苦，那就不能先用自己的标准去审视对方的痛苦。要做为对方提供温度、对痛苦给予共鸣的人，在任何情况下都不怀疑对方的痛苦，原封不动地接纳对方的痛苦，这样的人，才是永远不变爱着你的人。草率的建议就算了。忠告适合留到共鸣之后。

争吵的时间

有的关系因为琐碎的争吵而选择了疏远。有的因为专注于当时的争吵而忽略了长期积累下来的信任。有的后悔自己被名为厌恶的瞬间情绪左右，没有如实看待往昔的回忆。

人际关系中的问题会因为沉浸于当时的状况，忘记一切而扩大。因为小小的争吵而埋怨珍贵的人，甚至对关系心生怀疑。即使在如此痛苦的瞬间，我们的内心深处依然有着对彼此的深情。在我们的关系里分明厚厚地铺着没来得及回头看的大量值得感恩的瞬间。

因为一个问题而埋没了从前所有值得感激的事，这有多愚蠢。因为一次争吵而将从前的努力化为泡影，这也很不应该。争吵应该止步于需要解决的问题，而不能颠覆了对某个人的认知本身。

珍贵的感觉平凡而隐晦。痛苦和憎恨却相当刺激。当心里充满憎恶的时候，也就很难意识到对方的珍贵。憎恶太强烈了，足以颠覆珍贵的感觉，因此，我们轻而易举地带给彼此伤害。然而我们的日常生活之中却充满了珍贵。即使在此时此刻，那么多彼此尚未意识到的值得感激的事也正在我们的身边累积。不能让源于小小争吵的憎恶之心侵犯了从前的回忆，不能因为一次伤害否定过去所有的真心。我们不能执着于憎恶，因为我们累积的回忆是那么绚烂。

在我们的关系里

分明厚厚地铺着没来得及回头看的

大量值得感恩的瞬间。

双向奔赴的脚步

为了维持与珍贵之人的关系，打造幸福时光固然重要，但更重要的还是智慧地化解彼此之间的矛盾。事情真的发生了，我们就会发现并不像想象的那么容易。压抑自己的情绪，理解对方，绝非易事。解决矛盾最大的困难在于，仅凭单方面的努力不可能使问题得到解决。

有人不论遇到什么情况，都将对方放在第一

位。即使对方不理解自己，不尊重自己的感情，他也理解和宽容对方。他宁愿牺牲自己，也会给予对方无条件的爱。我觉得他非常了不起，然而他毕竟也是人。他说他借着为对方好的名义蚕食自己，进而蚕食自己给予对方的爱。他说自己并不是真的理解对方，而且在不知不觉间屡屡感到失望。最终，他选择了放手。

解决矛盾的方法有很多，唯独不能期待单方面理解对方，也不能强求对方理解。相爱的每个瞬间，我们都在做出选择：走近对方，还是后退一步。通过解决矛盾的过程，我们确认彼此的爱，了解彼此的界限。至于最终迎来怎样的未来，取决于瞬间的心态。

藏起自己的伤口，独自走向原地不动的对方，这件事并不容易。如果两个人都真心地朝着对方迈出一步，那么两个人的脚步或许就不会那么沉重了。对方温暖的心，带给我继续迈步的力量。一个人很难，两个人一起就可以做到。

真心迈向对方的脚步。

渐渐疏远的双方鼓起勇气重新拉起的手。

渗透在其间的感激之情。

"我们"

需要一起打造，

也只有一起才能打造，

因此才会如此美丽。

铭记童年时光

小时候，我的好朋友转学了，我记得自己哭了整夜。现在想来真的很可笑。那个朋友搬去的地方离我只有二十分钟的车程。那时我以为转学就意味着朋友关系永远结束了。难道是因为年纪太小，所以觉得再也见不到了吗？还是因为早早就明白了身体疏远后，心灵也会疏远这个不变的真理？我记得在朋友和班上同学道别完走出校门的时候，我呆呆地注视着他的背影，心里无数次地为他祝福。

偶尔我会想，现在的我和那时的我有什么不一样呢？现在的我还能像当初那样对他人怀着毫无理由、毫无目的的纯真之心吗？我得到了什么，又失去了什么？其实和得到的相比，我失去的似乎更多。也许有些不该忘记的重要事情都被得到的东西遮住了。我们记住的不是爱，而是爱造成的伤痛；不是共同度过的时光，而是离开后的空虚感。我们对人心生恐惧，又被推开，剩下自己。

　　偶尔我会回想那段时光是怎么样的。纯真地面对某个人，仅仅因为想和某个人在一起而放声痛哭，因为爱一个人而心甘情愿熬到黎明。虽然比现在青涩，但是也正因为这样坦率的时光，即使被生活所迫，即使偶尔受伤，也依旧希望那段温暖的时光永远停留在我们的内心深处，以那个时期的我们和珍贵的人见面。

我想起《小王子》里的一句话：

"长大不是问题，问题是忘记了童年。"

我们永存于绚烂的风景

和朋友们躺在操场上，气喘吁吁地仰望天空的孩子们，毫不知悉自己有着无限的潜力。跟别人相比，总觉得自己是无比渺小的少女，并不知道自己的微笑里含着春花的清新。坐在日常生活的缝隙间，一边喝酒，一边说说笑笑的朋友们，不知道此时此刻自己的样子正是某位老人朦胧的思念。下雨的日子里躺在家里互相看着对方，开着玩笑，笑靥如花的情侣，不知道此时此刻他们的样子比任何电影都美丽。对他们来说，那是和往昔无异的日常瞬间。

我们忘记了，自己动不动就觉得无聊的瞬间都是奇迹。我们意识不到此时此刻是人生中不能重来的瞬间。我们无法认真观察现在的美丽，这是因为我们处于风景之中。我们总是处在绚烂的风景之中，唯独自己看不见。

Part 2

致自己

点菜尚且如此艰难，
人生的选择
当然也不容易

点菜尚且如此艰难，
人生的选择当然也不容易

　　和心爱的人一起吃饭，点菜的时候常常会犹豫不决。我想点对方喜欢的菜，想让对方感觉和自己在一起的时光是幸福的。重要的不是自己的意见，而是对方喜欢的食物。我喜欢看到对方幸福。对方的幸福、对方灿烂的笑容就是我的幸福。然而人生中的选择并不是这样。

　　我们的生命中会结交很多人。亲爱的家人、陪伴自己度过大部分人生的朋友、永远站在自己这边的亲爱的人，两个人的关系对彼此有着想象不到的巨大影响。因为珍贵，所以想让对方更幸福，不想让对方失望。真正需要为自己做选择的时候，这种心情会让人变得犹豫不决。因为爱得太过深切，因为想得到他们的认可，所以不想违背他们的意愿。他们是占据我人生中最重要位置的人，所以我想成为他们希望的样子，想得到他们的爱。可是现在，我明白了。

人生这张餐桌的主人公不是别人，而是"我"。

我想告诉即将做出重大选择的人们，此时此刻，也许是你生命中第一次做选择的瞬间，也许是迎接新挑战的决定瞬间。在这样的时候，希望各位不要害怕为自己做选择，希望谁都不要出于对珍贵之人的深切爱意而放弃选择自己想走的路。

其实，他们真心希望你的选择能为你的生活带来幸福，只是因爱而生的担忧会让他们无法支持你的选择。如果他们不支持你的选择，那么说服他们也是你的分内之事。

相信自己的选择，坚定前行，哪怕过程不如想象的那么顺利，也要默默努力，不要灰心丧气。请你记住，这个责任完全在自己，你要让自己所爱的人看到你的全部意志。选择的全部责任都在自己，也许这个事实会让人恐惧，然而这也意味着只要你有勇气担负起责任，那就有机会做出任何选择。

选择伴随着责任。

将自己的选择交给他人，无异于推卸责任。

如果有人为了请自己爱的人吃上可口的饭菜，而不敢尝试自己真正想要的东西，那么我希望你在自己是主人公的人生餐桌上，能够为了梦想而尽情地释放自己。

不要害怕，也不要自责。

点菜尚且如此艰难，人生的选择当然也不容易。

我想成为那样的人

要做一个从琐碎日常中寻找幸福的人
而不是祈祷没有苦难。

要做一个接受意外的结果，梦想崭新未来的人
而不是为结果感到沮丧。

要做一个主动伸出手的人
而不是等待对方靠近。

要做一个相信自己眼光的人
而不是被他人的评价左右。

要做一个感恩守护在你身边的恋人的人
而不是为过往的缘分而悲伤。

要做一个毫不犹豫地表达
不留遗憾地去爱的人。

偶尔
即使做不到这一切

至少
不要失去
爱自己的心。

动　　摇

当我什么都做不好
不停地怀疑自己的时候

父亲对我说：

孩子
映在水里的路灯摇摇曳曳
是因为波浪，而不是因为灯光不安。

不要因为大自然制造的波浪
而怀疑自己。

要记住：
映在平静湖水里的是自己
而不是摇曳的水波。

那才是真正的你。

一天的尽头

今天的我在别人眼里
一定又是很愚蠢
总是犯错的人。
艰难的一天
整整一天都活在别人的视线里
至少在这个黎明，在此时此刻
我要活在自己的视线里。

你是最棒的。

今天辛苦了。

对方的份儿

容易在人际关系中受伤的人有个特点
那就是无论什么事情都想一个人承受。

对方说了重话，你不认为是对方的错
反而从自己身上寻找问题。

因为没有表达
导致误会越来越深

你却想着独自解决。

从来不在意自己
却整天在意周围人们的视线。

从来不照顾自己
却为了维系关系而付出太多牺牲。

不过，有件事必须记住。

关系需要"一起"经营
仅凭个人的力量不能解决问题。

哪怕暂时
解决了问题

如果反复出现同样的情况
最后的结果

还是自己受伤。

先表达自己
先向前一步
这就已经足够。

本应是两人共挑的担子
不要想着独自去扛。

真正成熟的关系
不仅需要一个人的努力
对方也有份儿。
反过来也一样
不仅需要对方的努力
自己也有份儿。

谈论梦想的方法

　　有的孩子在梦想栏里填写"总统"，有的想成为打动人心的电影演员，有的想成为作家，塑造美丽的世界。小时候的我们有勇气追随内心的呐喊，尽情做梦。那时的我们不会挣扎着跃入他人制造的框架，不会将自己的人生交给别人包装好的未来。

　　我从小就经常说些虚无缥缈的话。直到现在，我依然毫不胆怯地呐喊自己想要实现的梦想。不过有时我会在意他人的视线，感觉自己无比渺小。有时也会感觉自己在贫瘠的现实中呼喊梦想的样子很不懂事。每当这时，我就会问自己，如今已经足够了解现实困难的我，难道就什么梦都不能做了吗？哪怕是一点都不可能实现的梦，就只是不懂事的胡说八道吗？难道我们只能罗列轻易就能实现的目标吗？难道从内心呼喊的声音中，只能挑选可以实现的才能说出口吗？还有比这更无趣的人生吗？

有的人即使上了年纪，还是会兴致勃勃地说些云里雾里的话。有的人依然保持着孩童般天真的眼眸，以笑对任何困难的成熟表情，无所畏惧地谈论自己的梦想。是的，他们了解现实，也了解梦想。看着他们的眼睛，我感觉自己也变得强大了。因为我确信，终究有一天他们会抵达梦想。

这个梦想会实现吗？不会实现吗？能胜利吗？会失败吗？这些并不是我们现在所能了解的领域，

也不重要。所谓梦想是这样的，只要今天我们朝那个地方迈出一步，就起到一步的作用。

每当这时，

我就会问自己，

如今已经足够了解现实困难的我，

难道就什么梦都不能做了吗？

完全正确的路

　　我们经常在放弃和选择之间迷路。我放弃这件事是因为我的恒心不够，还是仅仅出于选择？我也有过这样的时候。我也曾战战兢兢，不确定自己的选择是不是放弃的借口。我也曾对未来感到焦虑，感觉一切都不是自己的意愿。我也曾不确定自己的路是否正确，摸不到头绪。现在，我明白了。

　　什么是正确的，这个并不重要。

重要的是我把什么变成正确的。

无论选择什么，那都是我的选择。在我的生命
中，没有哪个不是我的选择。哪怕很辛苦，我还是
要继续坚持，于是擦干眼泪，沿着原来的道路继续
走下去，这是一种选择。放弃原有的一切，转头走
向新的道路，这也是一种选择。哪种都没有什么不
好，哪种都没有错。

重要的是我是否相信自己的选择，
以及我能否竭尽全力，将我的选择变成正确的
选择。

无论做出什么选择，都要相信这是自己的选
择，不断努力打造出属于自己的选择。这才是面对
选择时该有的心态。

想要的模样

每个人都有多副面孔
只有自己知道。

自己感觉最舒服的样子
也就是最像自己的时候。

这个模样，我们
称之为"真正的我"。

我们都在等待某个人
那个能让我们坦率表露出最真实模样的人。

我们终将
爱上那个人
那个让我们以自己想要的模样
站在世界上的人。

孤独带给我的

　　人与人相处，会有突然感到孤独的时候。一切都没有改变，也没有人做错什么，却被无法控制的怀疑席卷。因为对方不如我意而崩溃的日日夜夜，没有得到安抚的内心伤痛，竭尽全力却不如意的关系，这一切都在心中堆积，让我感到忍无可忍的孤独。竭尽全力处理人际关系的人们会遇到这样的时刻。

这时候，我们真正应该做的是与从前被疏忽了的自己对话，与因为照顾他人而未能真正得到关心的自己进行真诚的沟通。

所谓孤独，是心灵对没能好好照顾自己的我发出的呐喊。

我的心灵在控诉，不要再看别人了，看看自己吧。

好像谁都不理解我的心情，所以我也不想对任何人诉说心事。这也许是开始与自己对话的最佳时机。不再考虑他人，营造只属于自己的时光。

现在该问你了，听你讲述自己的故事。

你应该像对别人那样，紧紧地拥抱自己，拥抱曾经独自承受过太多痛苦的自己。

成长，

会踏着孤独

来到我们身边。

所谓孤独，

是心灵对没能好好照顾自己的我

发出的呐喊。

我的心灵在控诉，

不要再看别人了，

看看自己吧。

抑 郁 的 我

　　我害怕面对自己。一次次在与别人的比较中崩溃，看到自己的不足止不住难过，讨厌自己，然后重新鼓起勇气，可是面对无法变得可爱的自己，还是会再次沮丧，封闭自己。我好失望，好讨厌自己。我讨厌自己的情绪。我讨厌颓废的自己。我讨厌狼狈的自己。我讨厌渴望得到爱的自己。我讨厌痛苦的自己。我，讨厌我自己。我对自己的憎恶无法释怀。其实，我只想过平凡的生活，只是想要幸福而已。

　　抑郁把一切都变成自己的错误。这样的结果是人们渐渐变化的眼神。独自留下来的我，还有导致我崩溃的痛苦，一切都是我的错。抑郁让我不能用爱的目光看自己。抑郁让我讨厌自己。抑郁夺走了"我"，掏空我的心，占据我的心。就这样，抑郁变成了"我"，注视着"我"。抑郁眼里的"我"是糟糕的我，然而那不是真实的。

　　我们在看待别人的时候相当宽容。即使看到对方的缺点，也会觉得那是别人的特点。努力不让自己陷入自满，不会误以为自己了解对方的全部，或者认为自己的视线就是全部。在看待"自己"的时候，我们却不用这种健康的思维。我们确信看自己的视线，理所当然地相信自己的否定视线。

　　我想告诉用抑郁的眼光看着自己的你，

你的样子要比你看见的更美丽。

　　你不知道，无论如何都努力地活着，尽管屡屡受挫也依然努力把幸福送给自己做礼物的你有多么美丽。你努力去爱真实的自己，这是多么可爱。你只是想要比别人做得更好，想要比别人更堂堂正正，想要比别人活得更精彩，想要比别人得到更多的爱，想要比别人更幸福而已。没关系。偶尔某一天的崩溃也没关系。偶尔不努力也没关系。偶尔因为微不足道的小事像傻瓜似的哭泣也没关系。偶尔没有理由地感到痛苦也没关系。偶尔出现这些情况也没关系。这就是你，你就是这样。这些样子都是你，你因此而可爱。这就是我，我就是这样的我。

过 去 的 我

有人因为现在的痛苦
而抱怨曾经的自己。

是从哪件事开始就做得不对
从哪个地方开始出现了岔路。

回溯自己的过去
一个一个地寻找错误。

谁都有这样的时候。
面对无力扭转的现实
失去了前进的方向。

不知道该去哪里，怎么去。
总是回头往后看。

但是
抱怨过去的自己
收获的并不是心平气和
而是另外的负面情绪：憎恶。

我们常常忘记：

我的过去
也是自己竭尽全力
走过的人生。

凭借当时的力量
和当时的努力
全力以赴
一路走来的我的故事。

为了更加美好的未来
竭尽全力的过去的我

真的是应该埋怨
应该憎恶的对象吗?

那时候的我
在描绘着现在的我时,脑海里想到了什么?

有时我们会感觉
过去的自己有很多不足。

但是

我们看待过去的我们
用的却是现在的目光。

请宽恕你的过去。
请热爱你的过去。
请过好你的今天。

为了终将成为过去的现在
为了现在的自己。

他人的痛苦

我们的时代连痛苦的程度都成了比较对象。痛苦的理由需要解释，理由是否合适也需要被评判。人们相信所有的痛苦都可以凭借意志去解决。解决不了痛苦的就被理所当然地视为懦弱。我们在共情他人痛苦方面过于吝啬。有的人活得理所当然的今天，对另一个人来说却是比死亡更痛苦的日子。明天的太阳升起，对于有的人来说却会是无法忍受的恐惧。我们不能用一个人的尺度去评判另一个人的痛苦，然而我们却过于草率地在他人的痛苦之中加入了自己的意见。我们无法对他人的痛苦感同身受。我们不能按照自己的喜恶去裁决他人的痛苦。

我记得小时候最好的朋友的姑妈去世的那天。那是我有生以来第一次经历别人的死亡，一切都很陌生。更让我感到陌生的不是从没去过的葬礼现场，不是平时活泼开朗的朋友充满悲伤的表情，而是我感受到的痛苦并不像想象中那么深。明明也很难过，可是我做不出朋友那样的表情。看到朋友默默吞下眼泪的样子，我为自己感受不到同样的悲伤而产生了难以忍受的羞耻。朋友在小小年纪遭受了亲人的死亡，经历残忍的现实，而我能为朋友做的只是静静地陪在他身旁。我只能为亲爱的朋友做这么简单的事，这个事实令我痛苦。那天晚上我彻夜难眠。

人，仿佛生活在彼此孤立的岛屿，无法真正理解彼此，无法真正安慰彼此的悲伤。无论怎样努力，最终也无法抵达对方的内心。说起来很残酷，面对某个人的痛苦时，别人能做的或许不多。不过，的确存在可以做的事情。

那就是默默地陪伴在对方身边。尽管不能感同身受，也要从始至终都关注着对方的心情。是的。我们无法完全理解彼此，却可以互相注视对方。即使中间隔着永远无法跨越的河流，我们也可以从始至终不放弃努力，凝视彼此的心灵。

现在，我不期待自己可以完全理解他人的痛苦，也不觉得别人能够对我的痛苦感同身受。只要守护在彼此身边，就已经足够了。如果说有什么心愿，那就是当我的珍贵之人痛苦的时候，我能近距离陪伴在身边，可以为他分担些许的痛苦。希望我能共情他人的痛苦，哪怕微不足道也好。

希望我可以把微不足道的温度
传递到珍贵之人的心里。

我在这里，
在你身旁。

只要守护在彼此身边，
就已经足够了。

面　具

　　我曾经想过这个问题，我的痛苦在别人看来是什么样子的呢？会不会被别人拿来和自己的情况做比较而让他们感到安心，或者只是满足好奇心的轻松话题？突然冒出来的想法，很多时候竟然成了事实，这让人悲伤。原以为很珍贵的人，他们的眼神却成为我封闭自己的充分理由。或许，我们每个瞬间都在经历撕掉痛苦面具的过程。或者没能成功撕下面具，从而选择藏在面具里生活。

大部分人对人际关系都感到恐惧。不加掩饰地袒露自己的内心，可能因此受到的伤害，或者对他人感到失望的自己，都让人心生恐惧。不知从什么时候开始，冒着受伤的风险走向对方成了愚蠢之举。摘下面具，坦然面对他人成了天真的行为。跨过恐惧的壁垒，朝他人伸出手，更是愚蠢透顶。坦率变成了弱点，隐藏成了明智之举。就这样，人与人之间成了只有空壳的关系。现在，我们的面具已经摘不下来了。

底　　线

世间的一切都有着不容侵犯的底线。

我们追求梦想
然而人生不能被梦想吞噬。

我们全力以赴
却不能让那些时间
全部变成不幸。

我们对未来充满希望
却不能因此而把现在
变得毫无意义。

我们要维持关系
然而不能因此毁掉自己。

如果不能坚守底线
所有为了幸福而做的事
反过来会让自己变得不幸。

因　为　爱

有的行为绝对不能对自己做。那就是同情自己。即使自己的情况不如别人，付出了努力也没有得到相应的结果，即使有时沮丧，有时崩溃，也绝对不能同情自己。同情会夺走重新站起来的力量。如果用可怜的目光注视自己的生活，那无异于给自己的人生断言：你只能继续停在原地。接纳和理解自己的痛苦，并且无须克制地流下眼泪，这种程度就足够了。我们自己不是同情和怜悯的对象，而是应该去爱的对象。

一定要记住。

真正让人站起来的，
不是同情，而是爱。

所 谓 理 解

　　对于和自己性格相似的人，只要付出小小的努力就足以理解，可以毫不费力地给予对方共鸣，还能提供适度的安慰。而理解和自己有着太多不同的人，就比较困难了。

　　我们下意识地在能够共情的范围内努力理解他人。在这个过程中，我们会调动自己过往的经验，将自己代入对方的境地去想象。不过需要记住的是，这些行为仍然要控制在自己的界限范围之内。

人都以自己为基础进行思考。对他人的理解也好，共情也好，都无法彻底排除自己。所以，对于和自己不同的他人，我们要努力看清对方本来的样子。如果以自己的目光看待他人，不一定能得出正确答案。我们会不由自主地将对方代入自己的标准，甚至因此认为对方是错的。这样的做法万不可取。

理解和自己相似的人
或许并不是什么难事。

我们真正需要努力的，
是理解界限范围之外的他人。

懂得用客观的眼光
看待不同于自己的他人。

有的人不需要和我们分享很多，就会让人产生舒服的感觉。有的人相处时间并不长，见面却没有压力。有的人会给予我充分的认可。有的人毫无偏见地看待不同于自己的人。有的人让我毫无压力地表达自己。这些人都清楚地认识到对方身上存在着自己不知道的未知领域。所谓的理解就是这样：懂得客观看待自己界限之外的他人，懂得跨越自己的领域接纳他人。理解开始于认可对方的不同。

我特有的模样

　　有人说，爱情就像拼图，自然而然地相互吻合。当然，也不是从一开始就完美契合，而是遇到了在某种程度上合得来的人，弥补自己的不足或者砍掉多余部分的过程。在相爱过程中，我们会改变自己的很多部分。期待对方幸福，努力不让对方痛苦，不知不觉间逐渐变成了适合对方的人。两个人在不同的环境里长大，有过截然不同的经历，却为了彼此心甘情愿地改变自己，让所有的不同都变得苍白无力。了解对方的心理，表达自己的真心，就这样渐渐地融入彼此。

尽管这样，有时还是会分手。那么大的空间都填满了，需要填充的恐惧所剩不多，却无法忍受最后的分歧，保持着渐渐适应对方的模样，一步步远离。就这样，只剩下了自己。很多部分都和对方契合，全然忘记了自己本来的模样。

从前的爱越深，开始下一段爱情就需要越长的时间。因为我们记得昔日沉浸于深爱的自己，为对方改变的模样还留在身体里。深爱会在我们的外貌里得到保留。对方的身影也会融入我们的习惯中。我们久久走不出来。

所以，我们需要时间：从习惯中抹去曾经的自己的时间，用另一个习惯填充人生的时间。对方离开之后，或许我们已经不记得爱那个人之前的自己是什么样子了。有时甚至觉得孤零零的自己，没有了对方的自己变得微不足道。不过毋庸置疑的是，我们在为对方改变自己之前同样美丽夺目。

现在是时候找回原来的面貌了。我们要用自己的时间来充实生活。我们要用新的习惯塑造自己特有的模样。当我们找回从前的自己，当我们面对突然浮现的记忆也能平静地走过日常，当我们怀抱着留给自己的爱，等到那时，我们就可以重新踏上爱的旅程了。

小小的变化

我们不相信自己

这个事实让我们无法开始做任何事情。

仅仅因为失去自信

很多事情都会因此崩塌。

仅仅因为不爱自己

我们就可能失去活下去的理由。

为了摆脱当前的绝望
我们很容易想到的办法是做出重大改变。

其实变化的波涛
开始于细微之处。

那就是注入自信
告诉自己，我可以做到。

不要去想自己做不到的事
而去回想以前做到的小事。

懂得为自己小小的努力
送上热烈的喝彩。

懂得用特别的心
去爱自己平凡的日常。

小小的浪花汇聚起来
形成改变人生的巨大波澜。

不要去想自己做不到的事
而去回想以前做到的小事。

你 能 做 到

世界上有很多东西让我们恐惧
有时候我们会因此不相信自己。

在前进之前
先想到挫折。

先想起
自己做不到的样子。

面对挑战这个词
我们先行溃败
转身离去。

可是偶尔
很偶尔

不需要任何解释
不需要任何理由。

有时候为了我们自己
我们只需呼唤五个字。

"喂，你能做到。"

Part 3

致你

检查伤口

检查伤口

走路摔倒的时候
最先要做什么?

赶快环顾四周
为了不落后于人
迅速站起来固然是好事。

既然摔倒了,就干脆放松

看看蓝天也不错。

大哭一场怎么样？
刚刚开始前进
又遇到了这样的困难
委屈地哭一场似乎也不错。

不管是哪种
我们都可以随心而行。

大嚷大叫发泄愤怒也好
因为难过而尽情哭泣也好。

不过请记住：

小时候我们摔倒了
最先做的事

是"检查"伤口。

你连伤口也不看
只是为了不落后于人
而勉强地继续奔跑

或者因为他人的视线
而忽视自己的伤口。

请你给自己充分的时间
检查伤口。
不要因为他人的视线
忽略了自己的疼痛。

请不要忘记。

你经历过的
以及今后要经历的大大小小的磨难。

这个过程中的心理伤痛有多严重

只有你

最清楚，而不是别人。

请你给自己充分的时间
检查伤口。
不要因为他人的视线
忽略了自己的疼痛。

你 的 存 在

　　环顾四周，有人因为社会地位发生变化，看待自己的目光也跟着发生变化：退休后失去自信的人，因为没能进入目标职场而不断批判自己的人，或者是没有拿到目标年薪、没有昂贵的汽车、没有比别人拥有更高职位的人。

　　我们常不自觉地仅凭地位判断自己的价值。人都有着无休无止的欲望，不容易满足现状，不停地追求更多的东西，总觉得自己没有到达想要的位置。那么，是不是我们大部分人都要过不幸的人生呢？难道我们只能羡慕别人，责怪自己达不到想要的位置吗？不是的。地位并不能决定我们的全部价值。

我是这样想的。我们并不是为了到达某个地方，而是不论身处何处，即使是在空荡荡的马路中间，也要为了活出自我而前行。

人都会拿自己和别人做比较，看到别人华丽的面容自惭形秽，或者失去自信。稍微转头看看，满世界都充斥着让自己痛苦的事情。即便这样，我们依然不会倒下，可以继续生活下去，原因是我们对自己怀着真心。

注视真实的自己，而不是被背景塑造出来的自己，不是别人眼中的自己。为属于自己的故事喝彩。不去仰望任何位置，理直气壮地站在自己脚踏的地方。相信我们只要爱自己，不论在哪里，都会有幸福相伴。这是我们必须具备的心态。

你很珍贵。

你的存在，本身就很珍贵。

关于让我站起来的一切

"当性格敏感的我们遇到一个人解决不了的苦恼时，如果不能絮絮叨叨地彼此倾诉，恐怕早就被压力压垮了。"

朋友之间相互倾诉烦恼，表达彼此的感激之情。尽管带有开玩笑的成分，然而共同分享彼此的感情和想法，是多么值得感激的事情，我们再清楚不过了。

有一次朋友说，我们每个瞬间都在交换礼物，用做个好人的愿望制造出来的美丽礼物就是"对话"。身边有个让我可以毫不犹豫打电话的人，每当生活中遇到矛盾的时候，都愿意陪自己喝几杯，这个事实以最健康的方式搀扶着站在人生陡坡上的我。不仅是简单地分享生活，还能让我做真实的自己，从而无所畏惧地面对世界。

这是值得感激的事。无须支付任何费用，每个瞬间都可以互送珍贵的礼物。"陪伴"是那么伟大。互相陪伴的时候，哪怕只是小小的举动，也能带给对方深深的感动。需要的只是些许的时间，以及对彼此的真诚的心。只要具备这两种，我们随时都可以将淡淡的温暖传递到对方心里。

珍贵的理由

　　我们周围有很多珍贵的人。你有没有想过，他们为什么会停留在我们身边？那么多的人都擦肩而过了，为什么唯独他们视你为珍贵之人？

　　如果你问他们为什么留在你身边，
　　他们找不到理由。

　　只因为你是"你"。

因为你是"你"，所以珍贵。

珍贵的人是"你"，仅此而已。

没有其他理由。

爱自己真的很难。我们有想要成为更好的人的欲望，和因为做不到而产生的自责。有时自己也无法接纳自己的不足，因而无视自己。即使在这种无视自己的瞬间，也会有珍贵之人一如既往地陪伴在我们身边。这样的珍贵之人我们不应该忘记。

我们不会在不美好的地方停留太久。

别人也一样。

如果有人，因为你是"你"，

而继续留在你身边，

那就意味着你是美好的人。

你的存在本身就足够珍贵，而那些陪伴在你身

边的人证明了这个事实。希望我们永远热烈地拥有
他们的真心，这份值得感激的真心。

因为陪伴而获得的幸福
太多太多。

怀疑委屈

　　有时我会对珍贵的人非常苛刻。因为相处放松而随口说出伤人的话，理所当然地要求对方。问题不仅在于表面的行为，还有充斥内心的想法。一点点小事也会感到委屈，理所当然地期待对方改变。如果对方有不如我意的行为，则毫不客气地表达不满。

　　突然发现我对保持适当距离的人是那么小心翼

翼，对于他们的错误，我也无比宽容。

我们越是靠近，就越容易错过更多的东西。对藏在日常生活每个角落的珍贵之人温暖的关爱，和用不变的信任一如既往关注着我们的值得感激的心，我们常常在无意间错过了。因为常常在身边，所以视为理所当然。习惯遮挡了一切，只剩下轻易产生的负面情绪。

现在我知道了：
越是珍贵，越不能视为理所当然。

现在，我不断地怀疑自己的委屈。我对他感觉到的委屈或不满，原因真的在对方吗？还是我的自私导致自己产生了愚蠢的想法？现在我不想再把一切看成是理所当然。随时都要保持最初的感恩之心去看待珍贵之人。有时还要像观察保持着适当距离的他人一般，怀着小心翼翼的心情。有时要用

比对自己更热烈的心情，真正地做到珍视对方的
珍贵。

喜　欢

　　我有个做家具的朋友。他说最大的幸福是在工厂里看着逐渐增加的机器。当然，他的大部分收入都用来购置新机器了。他开心得像个孩子，机器越多，越是可以制造出各种自己想要的款式。他在自己的工厂里工作到很晚。别人下班的时间，他吃晚饭，然后再上班。没有人要求他这样做。

　　我去过一次他的工厂。办公桌上堆满了文件，上面画着他设计的家具。我不觉得意外。即使在说说笑笑的时候，他也会因为突然冒出的灵感而在手机上画画，保存下来。我们一起度过了二十岁出头的时光。那时候，我们都有很多忧虑，不知道今后该怎样生活。那时候的我们经常倾诉同样的苦恼：该做什么？我们真正喜欢的是什么？我呆呆地注视着朋友工作的样子，突然想起了从前。对着埋头苦干的朋友，我说：

"我们也算是找到了自己喜欢的事情。"
朋友笑着说道：

"那就足够了。"

从前的我们连自己喜欢做什么都不清楚。是因为我们只想得到别人的认可吗？很多选择都不是遵从自己的内心，而是考虑到他人的眼光。坦率地面对自己的内心，当时为什么会那么难？我在创造自己的生活，他人的眼光有什么重要的呢？朋友说，现在他可以毫不犹豫地回答自己喜欢什么了。

"喜欢做什么，似乎并不是什么了不起的问题。如果你能在很长的时间里埋头做一件事，忘记时间，我觉得那就是在做喜欢的事。即使过程中感觉到疲惫、无聊和痛苦，也不肯停下来，那就意味着在其中发现了超越这些的某种东西。"

我很清楚。在朋友的父亲和病魔作斗争的时候，朋友放弃梦想回到家乡，守在父亲身旁。父亲去世之后，他说支撑自己度过那段痛苦时光的就是做家具。对于朋友来说，木工就是让他暂时忘记现实的温暖的栖息地，是让他恢复笑容的值得感恩的存在。

有人将自己习惯的事情当做职业，有人在维持生计的同时把喜欢的事当成兴趣。没有标准答案。

当然，并不是必须有喜欢的事才能生活。显而易见的是，明确知道自己喜欢什么，而且能够去做，这就足以让我们收获很多。有时像忠实的朋友，有时像不变的恋人，只要我们不背道而驰，喜欢的事情就会停留在原地。

知道自己想要什么，努力让自己变得更好的朋友们，希望你们都能遇到让自己暂时忘记日常痛苦的属于自己的珍贵，希望你们心中充满自己喜欢的事，即使在面对刻薄的现实时也能感觉到幸福。有一天，在遇到意想不到的苦难时，或在反反复复的日常中找不到意义时，你可以对自己说：

"是的，这样就足够了。"

放 空 心 灵

放空心灵最好的方法
就是擦掉"现在马上"这个词。

现在马上
作出选择
解决所有问题
抛弃这种想法。

稍晚点儿也没关系。

这不是盲目回避
而是给无法立刻解决的问题
一点缓冲的时间。

等待
因此产生的新变化。

眼前看似
绝不可能解决的苦恼

多一点点时间
可能就会
有完全预料不到的结果。
这就是我们的人生。

告　白

人生会有不是理所当然的瞬间。

在某个黎明

任何事都找不到意义

什么语言都无法成为安慰。

人生之重压在心头，难以忍受

想要放弃一切。

怀着不想被任何人发现的秘密心事

一声长叹，艰难地熬过漫长的黎明。

我想对这样的你说：

即使没什么特别，可是作为始终如一的人
可以传递小小温暖的你
我觉得这就是意义。

所以
逃跑吧，逃到我这里来。

我所有的故乡

遇到久违的童年伙伴，我问：
我的存在对你来说有什么意义？
朋友只用两个字作为回答：

"故乡。"

听到朋友夸张的说法
我在回家的路上陷入了沉思。

故乡，是什么意义呢？

随时都在的地方。
随时可以回来，放心休息的地方。
来来往往的故事里，爱呼吸的地方。
不变的温暖停留的地方。

因为期待
我在不知不觉间
有了太多的要求。

但是真正的朋友
不会期待太多，随时都在原地等候
成为彼此的故乡
随时可以归来。

当你疲于生活归来的时候
随时都会展开双臂迎接你。

朋友不就是这样的存在吗？

我会是谁的故乡？

任何情况下都能保护珍贵的人
我会是这样的人吗？

如此温暖的心灵
我能一如既往地保持吗？

但愿如此。

我要对所有的故乡
羞涩地说：

谢谢你们一直陪伴在我身旁。

面 对 自 己

　　有位朋友特别胆小。他有着善意的微笑，关心别人胜过关心自己。无论自己处于什么情况，他都不会拒绝别人的要求，甚至会把自己的事情推到后面，先去帮助别人。他的周围自然而然地聚集了很多需要帮助的人，他明明看穿了那些人的心思，却还是没有拒绝。很多人在得到他的帮助之后就离开了，他却一点儿也不怪他们。我喜欢他这个样子，喜欢他心甘情愿为他人付出的善良。有一天，他说出了从没说过的心里话：他患了抑郁症。

他在暴力父亲的身边长大。详细情况他没有说，然而从表情就能猜测出他有多么痛苦。他若无其事地讲述着往事，眼睛里却满是抹不掉的悲伤痕迹。他淡淡地说出了埋藏多年的苦恼。他说自己体内没有"自己"。

感情从来没有得到认可的孩子；不敢坦率地表达喜悦，也不敢表达悲伤的孩子；认为自己的情绪只会给他人添麻烦的孩子；所有的情绪都应该隐藏起来，才能得到爱的孩子。是的，也许他只想得到爱而已。他想要得到爱，所以为他人付出了那么多。他为人际关系付出那么多努力，却从来没有考虑过自己。

他说他已经开始接受心理治疗了。他说他倾诉自己的心事、得到认可、逐渐了解自己的过程很幸福。他渐渐懂得自己的情绪并不是错误，任何人都不能否定他的情绪。

为他人付出真心自然是美好的事，然而强迫自己做出牺牲，无条件地为他人考虑，这并不是健康的心态。对他人的爱应该建立在爱自己的基础之上，所以我们首先要学会爱自己。而爱自己要从不再否定自己开始。

他说，有一天他在接受治疗的过程中放声痛哭，觉得从前那个从来没有得到过拥抱的自己太可怜了，那个尽管如此也依然为了得到爱而努力的小孩好让人心疼。他说现在想明白了，那个时候的自己没有错。现在的他会紧紧拥抱那个孩子。他理直气壮地说，无论发生什么事，他都不会对自己置之不理。

有时候，我们需要面对从前那个受过伤的自

己，需要倾听那个孩子的诉说，听到从前不懂但现在已经知道的帅气回答。我在背负怎样的伤害，又在放任什么样的痛苦？如果我鼓起勇气和从前的自己相遇，我会对他说什么呢？每个人都会受伤，每个人都会跌倒，只要有勇气拥抱受伤的自己，我们就可以重新站起来。

　　久别重逢的他
　　看起来很开朗。

抑郁的理由

"我正在遭受不明原因的抑郁。"

我曾经收到过这样的信息，没有什么特别原因的抑郁让他觉得自己很懦弱。我不擅长安慰别人。我担心自己的安慰会显得草率，所以回复写了又删，删了又写，反复了好几次。这样的烦恼我听过好多次了。关于没有特别原因的无力感，关于黎明时分习惯性到访的抑郁。

抑郁真是个奇怪的家伙，无声无息地挤进了人们的生活中，不知不觉就占据了我的大部分，让人连站起来的力气都没有。人们被关闭在抑郁中挣扎良久，不断地徘徊着寻找出口。其实，最让人痛苦的是不明原因地陷入抑郁，苦苦挣扎的自己。

我也有过这样的时候。把自己交付给不期而至的抑郁，把自己抛进看不见尽头的抑郁迷宫。被关在里面找不到路，讨厌自己，不知不觉中抑郁本身就成了抑郁的理由。我不安、懦弱、笨拙。我努力让自己平静，然而来自内心深处的动摇总是让我崩溃。当时的我之所以能站起来，全凭朋友一句简单而真诚的话：

"朋友，谁都有可能这样的，没关系。"

也许抑郁的原因并不重要。没有原因又怎样？

好不容易找到的原因是那么微不足道。无法得到别人的理解，那又怎么样？我的抑郁不需要得到别人的允许，我的痛苦也不需要合适的条件。人可以毫无理由地痛苦，别人看来微不足道的小事却可以摧毁另一个人的生活。

想要走出抑郁，也许最先要做的就是接纳抑郁。也许我们不该把抑郁当成需要克服的对象，而是要接纳为自己的一部分。倾听只有自己知道的我的故事，全心全意地安慰自己，拥抱迷路的自己。也许我们需要的仅仅是一句"没关系"，我们正在等待的也是这句真心的话语。

不停地徘徊着寻找痛苦的根源，拿着严格的尺子衡量自己的痛苦，如果这是你，那么我希望你有一个平静的夜晚。尽管没有任何理由，也可以痛苦。请不要忘记这个事实。你可能期待自己变得更强大，然而此时此刻也是你的样子，也是你竭尽全力想要战胜抑郁的光彩夺目的样子。请不要忘记。

> 我的抑郁不需要得到别人的允许，
> 我的痛苦也不需要合适的条件。

担心和苦恼

我害怕未来。首先想到的不是正面结果，而是负面结果。不知从什么时候开始，因此产生的恐惧已经像习惯似的扎根于我的体内。为了消除忧虑，我必须不停地做事。我需要一些吸引自己注意力的事情。如果我专注于别的地方，心情似乎就会放松，却也只是在做事的时刻，之后恐惧还会再次袭来。突然回头看的时候，我注视着看不见的远方，心里只有恐惧。我站在那里，重复着茫然的担忧。

当我倾诉这份苦恼的时候，

父亲随口说的话足以让我脱胎换骨：

"谁都不知道那里有什么，可是每个人接受事实的态度不一样。有时候试着把担心换成苦恼会怎样呢？"

想到未来，谁都会恐惧。

有人因为恐惧而崩溃，

有人却战胜了恐惧。

有时候，我们因为担心尚未发生的恶劣状况而不敢前行，然而担心和苦恼有着明显的不同。担心只是情绪，无法给出解决的办法。苦恼却稍显理性，那是为了更美好的未来而做出的设计，是正视当下的我的方法。

无论如何，我们还将朝着明天继续生活，还要继续走向看不见的未来，其实也没有什么可焦虑的。算起来我们已经度过了无数个曾经担心过的明天，在真正面对的时候，那些担心也没有想象中那么艰难。今后的很多日子，相信也是如此。

担心就像摇椅。虽然不停地摇动，却不能把我们带向任何地方。

——威尔·罗杰斯（Will Rogers）

结果和过程

　　有人因为没有得到想要的结果而批判自己，比如高考没有获得理想的分数，公务员考试没有通过，没有进入目标企业……他们因为一时的结果而把曾经付出的全部时间都说成无用，进而否定自己的整个人生。真的是这样吗？如果最终都没能到达目的地，我们的旅程就毫无意义吗？

　　有时我们过于重视一时的结果，错误地以为现在的结果就是人生的全部。固然，因为没能达到目标而产生的失落感会让人感觉当前的结果就是全部。可是当我们这样确信的瞬间，朝向目标的过程就全部作废了，仿佛我们的人生就只是为了此刻的结果而存在。我敢说，现在的结果绝对不是全部。即使没有抵达，走向目的地的过程本身也会带来很多收获。

> 朝着目的地前进的时候，
> 即使最终没能到达，
> 我们的旅程也有充分的意义，
> 因为这还不是尽头。

希望我们都不要因为没有达成结果而悲观失望。人生没有绝壁。我们始终走在名为"过程"的路上。在遥远的未来，我们会遇到由全部过程编织而成的真正的故事。为了迎接那一刻的到来，我们能做的就是相信自己，默默地走眼前的路，还要让幸福充满整个过程，将过程中的每一天变成我们堂堂正正的"人生"。

人生不是结果，而是过程，
永远在我们身边。

无论朝向哪里，
无论停留在哪里，

活着的每一天，
都有意义。

面 对 不 足

当你觉得自己应该做好
却好像没有做到的时候
意味着你正在尽力。

当你觉得自己应该成为好人
却好像没能做到的时候
意味着你正在逐渐变好。

当我们开始正视自己的不足
变化就开始了。

需要留心的是
不要让自卑遮住不足。
这样会把缺点扔到看不见的地方。

开始正视自己的不足
就意味着选择了前进。

即使缺点让自己沮丧
即使成长期来得艰难
我们也要记住一点：

你将到达比现在更美好的地方。

放 下 焦 躁

　　朝着目标前进的时候，我们需要记住的是要到达那个地方，而不是以多快的速度到达。尽管如此，我们还是不遗余力地想要尽快到达，结果常常不尽如人意。这样的行为有两种模式：

　　第一种是从开始就跑得很勉强。跑得太快，朝着目标前进没多久就恶心想吐。这样快跑下去，最让人担心的是会摔倒。即使幸运地没有摔倒，也存在问题，会认为到达目的地的旅程充满苦难。

"这么痛苦的事，什么时候是个头啊？"

为了快速前行，从开始就让自己感到难以忍受的痛苦，这种方法的结果是剥夺了走向目标的兴奋感。

第二种是不允许瞬间的停歇。如果不是短时间内就能实现的梦想，我们应该学会用长远的目光注视全部的旅程。欲望让我们变得焦躁，哪怕一天没有行动就对自己感到失望，仿佛已经注定失败了。朝着目标健康前进的人，不但重视每天应该达到的目标，同样也重视自己的情绪。让疲惫的自己得到充分的休息，确信此刻的休息有助于今后的旅程，更加健康地筹划未来。

不要听信那些让自己感到焦虑的话。跳出周围人们的目光，慢慢地、坚持不懈地走向目标。每当感觉慢的时候就告诉自己，没关系。不要因为尽快到达的欲望而忘了最初追逐梦想的悸动。终于实现目标的时候，回头看看走过的路。速度并不重要，慢点儿也没关系。希望到达终点的你光芒四射。

竭 尽 全 力

竭尽全力的时间里
包含着责怪自己
没有尽力的时间
所以请不要怀疑。

你已经做得足够好。

需要用心的地方

　　在经历了各种关系之后，我渐渐明白了一个道理，那就是要区分出什么地方应该用心。不要痴痴凝望早早转头的人，不要对毫不留恋、独自结束关系的对方用心。面对毫无来由将自己推开的人，应该果断地转过头去。如果对方在你身旁反而让你感到孤独，那就请把心收回来。不要试图一个人守护"在一起"的承诺。不要努力让讨厌你的人不再讨厌你。我们要为爱而努力，对厌恶转头。我们要用爱面对爱自己的人。在今后回头看今天走过的路时，希望没有留下令人悔恨的足迹。

不要试图一个人守护
"在一起"的承诺。

为了不失去时间

　　如果珍贵的人觉得委屈，我们应该毫不犹豫地走上前去。不要犹犹豫豫拖延时间，那只会让对方的伤痕越来越深。这不是需要刨根问底、思来想去的问题。在维持深度关系时，出现小小的差错是在所难免的，然而减少因此带来的痛苦时间，却是我们凭借意志就完全可以做到的事情。

　　放任对方委屈很长时间，也就意味着失去了本该被爱填满的幸福时间。即使频繁发生争吵，只要不放任彼此的伤痛，不忽视对方小小的委屈，用心安抚，也不会让本来幸福的时光充满不幸。

爱的时光
是由琐碎的瞬间密密麻麻地聚集而成的。

在这些瞬间里全力以赴，
才是用幸福填满爱的唯一道路。

名为"你"的花

如果我们的老年是冬天，
现在的我们处于人生中的哪个季节呢？

我曾经想过这个问题。我们真的在充分感受当前生活的美丽吗？是不是只顾期待下一个季节的到来，却未能仔细观察眼前的风景呢？是不是只顾责怪不知足的自己，而错过了眼前的幸福呢？

环顾四周，有的人已经绽放出了五颜六色的花朵。比起他们的华丽，也许我们会感觉此刻的自己有很多不足，尚未绽放的自己会让人觉得寒酸。可是不用担心，并不是所有的花朵都在同一天绽放。

不要因为他人有的已经开花，有的已经结果，只有我还什么都没有做成而感到沮丧。人生的每个阶段都有各自的风景，而且这些风景都以不同的面孔存在于各自的人生之中。

刚刚开始发芽的你，还保持着花骨朵状态的你，没关系。无论如何，我们都会停留在属于自己的季节，存在于当前的风景。这就足够了。只要我们保持着自己的模样，生活在自己的季节里，就已经足够。每朵花都会在自己的季节里绽放。为了终有一天会绽放的花朵，我们现在能做的就是脚踏实地地度过这个季节。

不要等到冬天才去想念春天，不要不用心欣赏眼前的风景，等到以后再去强调今天的美丽。此时此刻是今后再也回不去的瞬间，你的季节是那样灿烂。不要对现在不满，而只知期待未来的幸福。

冬雪的声音

你为幸福总是悄无声息地到来而感到遗憾，总是在幸福来过之后才流着泪倾诉。"那时候真的好幸福。"

拉开窗帘，外面在下雪，尽管有强烈的阳光照耀着大地。真的好奇怪。雨水有声音，雪却没有。拉开窗帘之前，我不知道外面在下雪。雨有乌云相伴，下雨之前有种种迹象，然而雪却悄无声息，纷纷扬扬地飘落。幸福或许就是这样吧，要拉开窗帘才看得见，我们却把心灵的窗口挡得严严实实。

爱一个人，以幸福的名义陪伴在一个人的身旁，或许就意味着停留在那个人关闭的心里吧。为了让那个人看见自己，为了等待那个人拉开心灵窗帘的瞬间，虔诚地渴望着自己以幸福的名义降临到那个人的身边。

有人奋力前行，有人因为抹不掉的痛苦而停留在过去。有人重新开始爱情，有人因为过去的痛苦而恐惧未来，将自己埋没在过去的伤痛和对未来的焦虑之中，无法正视现在。与其为昨天的雪遗憾，与其期待明天的鹅毛大雪，我还是更喜欢欣赏此时此刻下雪的情景。也许你正在为过去后悔，为未来不安，可是现在，也许正是你拉开心灵窗帘的时间。

你知道吗？曾经被雨淋得湿漉漉的世界，正在积满白皑皑的雪。谁变成了美丽的雪花，在你的冬天降下这场鹅毛大雪？你仔细倾听过下雪的声音吗？世界上所有的美丽，总是以平淡无奇的模样停留在我们身边。

下雪了。

或许这个冬天会更温暖。

幸福取向

有时候
人会有错误的心理
通过否认他人的幸福
来获得对自己幸福的确信。

人们试图通过与他人比较
来解决自己的不稳定状况
和对自己的不确信。

人们以为无视对方的幸福
打着劝慰的幌子贬低对方
自己的幸福就会变得更浓更重。

其实幸福
不会通过与他人做比较而获得。

我们各自都在
不同的事情里感受幸福。

每个人的经历不同，感受不同
最珍贵的事物不同
所处的人生阶段不同
幸福的意义也会有所不同。

所以我们不必
因为和他人比较
而缩小自己的幸福。

也不必在意
别人否定我们的幸福。

只要尽情感受此刻的幸福
全身心投入自己追求的幸福即可。

还要
感受自己想要的全部幸福
一点都不要漏掉。

我的幸福
存在于我的身体里。

归根结底，幸福
是由各自的经历构成的
是非常个人化的取向。

弯　月

不要因为周围明亮的光而自惭形秽
要像现在这样散发出你美丽的光芒。
这是你独有的美丽光芒
任何事物都无法与之相比。

即 便 如 此

　　面对无法逾越的壁垒，恐惧足以让人崩溃。目标、成功、梦想、未来，这些似乎都是从不退缩、做好前行准备的人才有的特权。退缩过的人都知道，挣扎着要站起来的人都知道，在无法摧毁的壁垒前站过的人都知道：需要什么特别的原因吗？需要惊天动地的故事吗？不，完全不需要。不需要特别的事情，生活同样令人难以承受。有人这样说过：不喜欢承受世界的高墙，于是打造自己的壁垒，将自己关闭起来。这样轻描淡写的话，为什么给了我巨大的安慰呢？

别人不可能理解用我的情绪打造的围墙。在他人眼里，我是难以理解的生命体。自己崩溃已经让人无法接受了，却没有明确的原因。我非常理解他们冲我发出的叹息。即便如此，我还是会再次崩溃，一动也不动。这不能不说是讽刺。是的，我要重新回到人群，全力以赴地生活。只要我坚持不懈地挑战，一切都会好起来。我下定决心。可是没过多久，我发现自己又退缩了。不管我怎样督促自己，不请自来的恐惧还是再次吞噬了我的意志。想要做好的决心让我胆怯，我就这样在原地徘徊。最重要的是，我不知道这么努力究竟是为了什么。全部，都是讽刺。

从我放弃跨越壁垒开始，我就感觉到莫名的安宁。去咖啡厅总找角落位置的性格，也在这种毫无用处的地方得到了发挥。融入对我来说是压力。早在出门的瞬间，比较就开始了。不论愿不愿意，我都不得不参与排位战争，甚至乞求让自己逃离竞争也为人所不齿。这不是我一个人的竞争，而是我爱的人们也要参与的"团体战"。如果我感觉痛苦，那就只能被孤立。如果我想躲避，那就只能逃跑。有时被高墙包围反而更轻松，面前有无法跨越的壁垒又有什么关系呢？无欲则刚。既然不能跨越，那就放弃。既然无力对抗世界，那么不去看它似乎也不错。接受一切的瞬间，心情变得轻松了。共处那么难，一个人为什么如此简单？如果与人共处，融入世界也如此简单，那该多么好。既想独处，又需要世界，我再次感觉到了忍无可忍的矛盾。

其实在这篇文章的结尾，我想写下非常乐观的话，让大家不要退缩，昂首阔步地前行。当然不是"我们都是无责任者！"，而是"为了心爱的人，为了自己，让我们继续加油！"这样非常典型的信息。

但写来写去，我总是转不到这个方向。

活着很辛苦，有时很烦，很困难。想要过得更好的愿望，以及对挫折的恐惧都令人厌倦。偶尔想要放弃一切，什么都不管。累了却不能说累，即便如此，还是要活下去，要进步，要幸福。这种话有时会让我们深感疲惫。有时想要一个人，想要被彻底孤立在没有人的地方，什么都不想管。即便如此，有时还是想和某个人在一起，想要分享心事，想要爱和被爱，想要风风光光地爬到高高的围墙之上，在竞争中脱颖而出，昂首挺胸地生活。我不知道自己真正想要的是什么，只是想要幸福。

人生在世，有时会怀疑我为什么活着，为什么要忍受这么多痛苦。我也曾一次次徘徊，寻找活着的明确理由，甚至以为只要找到了这个理由，我就能更幸福。可是，人活着需要了不起的理由吗？重要的是无论如何，我们还在继续活着，和你有着同样想法的人，这里还有一个。所以，让我们再试一次吧。以这种俗套话作为结语，我很抱歉。即便如此，我还是要在这里再写一遍"即便如此"，感觉很痛心，曾经痛苦过，却仍然尽力坚持，仍然努力活着的和我相似的你。即便如此，我还是希望你从始至终，幸福。

重要的是
无论如何，
我们还在继续活着，
和你有着同样想法的人，
这里还有一个。

Part 4

致爱情

不要把你的宝石交给小偷

不要把你的宝石交给小偷

即使痛苦
也有勇气怀着爱前行。

不是不懂得隐藏
只是相信
彼此透明才是爱情。

所有怀着真心相信爱情

却因此受伤的人啊

相信爱情并不是罪过。

你只是爱上了
不相信爱情的人。

所以
不要把你的宝石交给小偷。

最初的模样

"最近那个人总是让我感到委屈。"

好久没有见到朋友，他颓废的样子令人心疼，平淡的声音里带着浓浓的悲伤。平时他总是先从自己身上找问题，属于非常好的朋友，所以我差不多能猜出他接下来要说的话。

"是我想要的太多吗?"

他们是交往很久的恋人，以前我经常和他们聚会。和拥有多年恋人的老朋友久别重逢，无论想与不想，我都不可避免地目睹了他们彼此的变化。

有人以不变的模样去面对对方，有人却用冷却的眼神注视对方。有人心怀不变的爱，有人却全然忘记了对方的珍贵。有人用最初的心态面对整个过程，有人却以完全变化的面孔停留在身边。我勉强咽下了涌上心头的话：

"不是你想要的太多，而是那个人变了。"

如果永远都能以最初的模样去爱，那该有多好。然而守护爱情绝非易事。时间会不断地让人忽视彼此的珍贵，并将对方的关心视为理所当然。不知不觉间，我们发现自己渐渐变得冷漠。也许爱情的幸福只有不断发现对方珍贵的人才能得到。因为他们知道爱情不是需要守护，而是需要经营，所以才能比别人感受到更深的幸福。

一个炎热的夏日，我在居民中心遇到了一对老夫妇。两人并排坐在椅子上，老爷爷问老奶奶渴不渴。老奶奶点了点头，老爷爷拖着不便的双腿去饮水机前接水。见此情景，我忍不住鼻尖一酸。这是我见过的最清晰的爱情模样。两个人手拉手的样子，看上去是那么美好。回家的路上，我感觉自己的心里暖暖的。

爱情是透明的，绝对不会说谎。我的爱融化在行动中，如实地传达给对方。如果你的珍贵之人经常感到委屈，而且找不到明确的原因，那么你有必要回忆最初是怎样对待对方的。有时候，我们很容易忘记需要传达给珍贵之人的是什么，忽略了真正重要的事情，只在表面上花费心思。事实上，我们不会从大事中感受到爱。我们并不期待什么特别的举动或者昂贵的物品。真正让我们感受到爱的是对方听我们说话的样子，平时看我们的眼神，和不在身边时通过电话隐隐传来的细微的关心。

熟悉带来的悸动

　　和某人相遇，情不自禁地看那个人，在意那个人，产生好奇心，想那个人想得彻夜难眠，终于鼓起勇气靠近对方，相互陪伴，分享爱好，确认心意，就这样两个人牵手了。在爱上某个人的过程中感受到的激动心情会把强烈的感情送给我们做礼物。那份感情强烈到足以让人错把那个瞬间当成爱情。遗憾的是，这份强烈的礼物终有一天会消失。相处时间长了，只消看对方一眼就能了解得差不多的时候，最初的感情会渐渐远去，开始以"熟悉"之名对待彼此，有时甚至会觉得无聊。

我问过一位坚守爱情十几年的前辈，如何维持那么长时间不变的爱情。前辈沉思片刻，回答说：

"我喜欢我们之间的熟悉感。"

几个月后，再次见到他时，他的手里拿着请柬，多年的爱情终于结了果实。我在他们身边看着他们相爱多年，开心得就像这是自己的事情。我大呼小叫地表达祝贺，他笑着对我说谢谢。最后，他微微颤抖着说：

"好激动。"
"结婚吗?"
"不，和她一起的整个未来。"

我曾经误以为，只有最初的悸动才是爱情，也曾因为难以识别的隐秘熟悉感而无法正视爱情。直到对方离开，不懂事的我才明白，熟悉而平凡地守在身边的爱情才最为特别。悸动是什么？真正的悸动不同于单纯因陌生而产生的感情。真正的悸动是相信幸福在与那个人共有的未来里。不存在对未来没有期待的悸动。如果忘记了幸福，也就必然忘记了悸动。如果连眼前的幸福都认识不到，那就更不可能期待未来的幸福了。

　　熟悉带来的舒适感，此时此刻因为舒适而停留在身边的幸福，以及以相守的名义继续描绘未来的幸福，真正的悸动也存在于相互陪伴的舒适感中。分明是存在的，以不同于最初之强烈的另一种模样，淡淡地、默默地存在。

　　或许我们并不是忘记了悸动，而是忘记了幸福。或许并不是悸动消失了，而是我们注意不到名为"熟悉"的幸福。

那时，我们是因为对方的什么而感受到心跳加速的悸动呢？是什么让我们无所畏惧地走向对方，想要逐渐了解对方，慢慢渗入彼此，想要永远存在于对方的生命中呢？梦想每天早晨睁开眼睛，转头就能看到沉睡的对方，梦想结束一天辛苦的工作之后有对方在等待自己。是的。也许我们的悸动从开始就指向了熟悉。

花 的 故 事

一朵花在晴朗的阳光下茁壮生长，面对猛烈的风也不退缩，在暴雨中也不屈不挠。独自绽放的花朵是那么美丽，有着任何花朵都没有的芳香。

J陶醉于那种花朵的美丽，小心翼翼地摘下一朵带回家。他把带回家的花朵种在漂亮的花盆里，用心照料，因为担心花儿枯萎而不安，每天都虔诚地浇水，有空就满眼爱意地注视着花朵，闻花朵散发出来的清香。J说他不可救药地爱上了这朵花。

爱上这朵花后，J的生活发生了明显的变化。以前漠不关心的人们向他靠近，表现出了从未有过的关注，甚至有几个人还对他流露出好感。看到周围人们的变化，J渐渐变成了更自信的人。突然，他很想知道人们为什么对自己心生好感，他意识到是自己身上散发出的香味。J的身上散发着花朵的清新芬芳。

"啊，原来人们是因为这个香味而喜欢我。"

J对花朵表现出永恒不变的爱。花的香气也悄无声息变成了J的一部分。他停留的地方总是飘散着淡淡的香气。J走到哪里都受人喜爱，人们的认可足以改变他的生活。他更加爱自己，对花也充满感激。J下定决心要永远爱花，然而这个决心并没有持续很长时间。

一段时间之后，J对花的爱成了习惯，就像到了时间就吃饭、睡觉似的成了理所当然的习惯。花也知道。J充满爱意的目光早就没有了温度，现在他只是需要自己的香气而已。尽管如此，花并不恨J。J需要自己，这让它感到幸福。花觉得这已经足够了。它坚信总有一天，J还会用从前的目光看自己。

　　J的周围聚集了更多的人。J更忙了，更加享受被很多人喜爱的感觉。关心花朵的时间自然就减少了很多，浇水时间也常常被推迟。花朵渐渐失去了活力。

　　一周过去了，一个月过去了，J没有给花浇水。花朵变得虚弱，再也没有了花香。J不再用从前充满爱意的目光看它，也不愿再在它身边停留。J享受着被他人的爱充满的人生。

　　花儿渐渐枯萎。

几个月后，J感觉人们不再像从前了。那些认可他、喜爱他的人陆陆续续地变了。J感到焦虑，思考问题出在哪里。突然，他意识到自己身上的花香消失了。J慌了神，不知道如何是好。最后，他跑到附近的香水店，买回同样味道的香水喷在身上。J放心了。他以为自己还会重新得到人们的喜爱。

"我又回到原来的我了。"

J朝人们走去。不料，人们还是不理他。

"你们怎么了？我又散发着清新的花香了。继续爱我吧，我没有变。"

有人回答说：
"你不再像从前那样可爱了。"

J很沮丧，眼前漆黑，六神无主。他无法理解人们为什么变成这个样子。他开始疯狂地闻自己身上的香水味，怎么闻都觉得和花香没什么两样。J找不到原因，无法忍受人们的疏远，逃回家里。

　　回到家后，J看了看原来种花的花盆。花香早已不在，最后一片花瓣干巴巴地贴着花枝。J慌忙给花浇水。早已枯萎的花瓣承受不了水的重量，无力地掉落在地。J呆呆地注视着眼前的场景，似乎明白了什么。他瘫坐在地，呜咽起来。沿着脸颊滑落的泪水滴落在花瓣上，花瓣接触到眼泪，变成了碎片。

　　这时，恰好有一阵风吹来，
　　花儿变成粉末，飞向窗外。

　　就这样，花儿开始了新的旅行。
　　梦想着再次绽放美丽的日子。

朝着适合自己的美好地方。

留在原地的J，
倒在花儿消失的地方，哭了很久。

就这样，
花儿开始了新的旅行。
梦想着
再次绽放美丽的日子。

到 达 平 地

我曾经不懂陪伴的意义。误以为只有出于爱而用力握紧对方的手才是爱。小时候走上坡路，大人短暂地放开手的瞬间，我也会感到不安。

现在，我似乎明白了。

我们谁都不可能永远手拉着手，并肩前行。
人生会有那样的时刻，连自己都感觉沉重。

走上坡路，

会有不得不彼此放手的瞬间，

然而那并不意味着爱的终结。

走着走着，有时两人紧握双手，并肩前行。有时一个人走在前面，一个人走在后面。有时因为持续的苦难而疲惫，也会耷拉着肩膀落在后面。

重要的是我们一起走，

而不是离得多么近。

有时也要保持距离。转过头去随时可以看见对方，这已经足够令人感激了。不要因为稍微有了点儿距离而否定彼此的爱。等陡峭的道路过去，到了平地，重新拉起放开的手，给对方一个温暖的拥抱就好了。

只要不背弃对方，

即使再多的苦难

也朝着同一个方向走到最后，

平地终究会到来。

这 就 是 爱

一见钟情是爱
第一次牵手就相约永远的温暖，是爱。

从彼此对视的目光中感受到坚定的信赖，是爱
有任何困难都能一起克服的强大意志，也是爱。
深夜在路上散步耳鬓厮磨的瞬间，也是爱。

所有的这些幸福都是爱

然而相爱的瞬间并不全都是幸福的。

因为受过爱情的伤而推开对方的瞬间，也是爱。
认识不到彼此的差异因而难过的日子，也是爱。

因爱而生失落
言不由衷的话语脱口而出的瞬间
埋怨对方不了解自己的心，泪流满面的瞬间
我们也在爱。

以爱之名填满每个瞬间。
有时会因为无法承受爱的重量
而感到汹涌澎湃的焦虑。
希望我们永远不要忘记
只要不放开对方的手，每个瞬间都是爱。

以爱之名

填满每个瞬间。

爱 情 状 态

　　明明与你相爱，我却觉得自己好像是孤身一人。我辗转难眠，你漠不关心。等我醒来，你会问问我吧？看到我坐着发呆，你会问原因，还是置之不理？如果是后者，我会很难过。这种情绪需要我自己处理。我对你的心反而使我更痛苦。你以适合的速度行走，是我太性急。你要是能配合我的速度就好了，感觉像我一个人在爱。这些话我只能咽回去。黎明之后，你的天会亮，我的早晨却仍然停留在此刻。可是到了早晨，我还是会想你，做好奔向你的准备。如果天气好，我们是去郊游呢，还是在你的怀里睡一天懒觉？我幸福地烦恼着，你也会这么想吗？感觉只有我独自兴奋，心情顿时变得低沉。

我爱你，但是不能继续再爱了，因为我总是担心你会离开我，担心会只剩下我自己。因为爱你，我总是害怕。我的这些心情，你绝对不可能了解。我爱你，我爱你，我真的很爱你。此时此刻写下这句话，我感受到心在震颤。多么希望你也能感受得到。恐怕这次又是只有我这样，这让我感到焦虑。每天我都在幸福和焦虑之间反反复复地做着振子运动。这种心情到底是什么？这就是爱情吗？现在我如此烦恼，也是因为爱你吗？想着想着，不知不觉天亮了。不能再想你了。窗外晴朗的天空，真像你。

这样的恋爱

希望我们可以经常漫无目的地走路。
通过牵着的手传递的温度
再次回味我们的爱。

就这样不疾不徐
配合着对方的脚步
感受着对方细微的关照。

与其为小小的分歧而失望

为分歧本身而痛苦

不如感谢分歧

通过了解分歧的理由

不再给彼此伤害。

偶尔我们会通过生疏的文笔

向对方传达心意。

虽然每天聊天

可有些话走得越近就越说不出口。

我们不要再害怕让对方看到自己的眼泪。

表达痛苦，意味着彼此已经深深地互相渗透。

或许痛苦的瞬间

才能让我们感觉到彼此的存在更有价值。

我们要爱对方本来的样子。

正因为我们彼此不同

正因为彼此不同的我们相遇

才会越来越像对方。

所有这一切

都是一个人变成两个人的幸福的过程。

最后

当有一天感觉到被对方疏忽的时候

即使有时候倦怠欺骗了我们

我们也要

重新握紧我们的手。

我们不要忘记

此刻的感情。

我们要这样爱下去。

三 种 心 情

爱有三种形态。

爱自己的心
爱他人的心
他人爱我的心。

在这三种爱中
有一种最令我幸福的爱。

一旦开始恋爱
遇到无法承受的苦难
或者遇到无法解决的空虚

需要考虑
是不是为了某一种
而忽视了其他的爱。

需要回头看看
是否自己的贪欲或不足
打破了平衡。

和珍贵的人长期相处的方法
不是自己无条件地去爱对方
也不是努力得到对方的爱，
更不是怀着只为自己考虑的自私的爱。

而是对自己

也对彼此

互相协调

保持适度的爱情平衡。

因为没有哪种

是不重要的。

没有条件的心

索取爱的回报为什么会被看作是理所当然的权利呢？刚刚开始恋爱的时候，我们把被爱看作巨大的祝福，然而随着时间的流逝，却又经常抱怨对方给我们的爱不够多。索取爱，哭闹着索取我想要的那么多爱，因为我付出了爱。这种想法真的很危险。因为付出了爱，所以一定要得到爱，而没有将对方付出的爱看作祝福。这是蚕食自己的补偿心理。当爱情结束的时候，如果对方没把爱还给我们就离开，我们会说"垃圾爱情"。是不是很可笑？难道你付出爱只是为了得到回报吗？

不要试图从他人身上弥补自己缺失的爱。如果我们缺乏爱自己的能力，就会试图从他人的爱中获取心灵的平静。越是这样，我们越不满足于他人付出的爱，成了只会索取的坏人。现在，我知道了，爱情不能通过纠缠获得。只有充分爱自己，才能去爱别人。我们要拥有不求回报地爱别人的健康心态。我付出的爱不附加任何条件。这种心理才不会让人否认爱情。即使我的爱情结束了，没有得到任何回报，至少我全心全意地爱过，没有留下任何遗憾。

想要不被爱锁住，只有一个方法，那就是在付出爱的时候不求回报。即使像着了魔似的不可救药地爱上某个人，也不要试图获得回报。"我爱你"这句话不应该附加任何条件。

我们要拥有不求回报地
爱别人的健康心态。
我付出的爱
不附加任何条件。

秘密越来越多的我们

　　我们之间堆积了越来越多不必说的事。我曾经以为彼此之间倾心交谈才算是好的关系。因为这种想法，我不由自主地要求对方更多。我会埋怨对方没有将自己的事情全部告诉我，抗拒各自保守秘密的关系。现在我知道了，这只是我的贪欲罢了。

　　每个人都有痛苦的时候。这时自然而然就会依赖亲近的人。当对方真心共情我的痛苦，温暖地拥抱受伤的我时，我们会从对方身上获得深深的感动。尽管这样，有时还是难以避免地感到空虚。回家路上感觉到的莫名凄凉，得不到充分理解的痛苦，未能得到完美共鸣的情绪，因此没能全部倾吐的故事。我们都知道，谁都无法代替自己应对痛苦。战胜痛苦，寻找幸福完全是自己的事。

无论多么亲近的关系，彼此之间都会有壁垒，因而倾诉心事的时候会犹豫不决。这个事实不应该成为互相埋怨的理由。我们无法完全理解对方并不意味着压根没做努力。不能因为我们之间不可避免地存在壁垒，而认为"陪伴"这个词变得没有意义。就算无法理解对方的全部，不能毫无保留地吐露心事，至少我们在努力走向对方。这就足够了。对于彼此来说，这已经是巨大的安慰。

或许所谓的陪伴，
就开始于

我们正视彼此不同这个事实的瞬间。

我想和珍贵的人说些无聊的话题打发时间，分享简单的想法。我想不假思索地笑，笑到颧骨发酸。偶尔，当我感觉到无法承受的痛苦的时候，感觉到人生的壁垒比我们之间的壁垒更高的时候，我可以向对方诉说藏在心里的痛苦，把承受人生煎熬的力量传递给对方。我希望我们之间是这样的关系。

包括珍贵之人的心事，
我全部都要爱。

我想这样和你在一起。

关系的反讽

人与人之间存在着看不见的心理距离。我们根据这个距离选择合适的见面频率，决定开玩笑的程度，有时也会很深入地介入他人的人生。不过现在的距离，并不能决定今后的关系，最亲密的关系可能虚无地断绝，距离适当的关系却可能一直不断地持续很长时间。讽刺的是，最亲密的朋友可能在瞬间成为路人；保持适度距离的关系，反而在很长时间里为彼此的人生注入淡淡的力量。为什么关系会有这样的讽刺性呢？

　　越是珍贵之人，我们越认为对方应该和我想法一致。但是，心理距离注定是个人领域的事，差异不可避免。当知道他人对我的想法和我对他人的想法不一样的时候，我们会感到无法忍受的委屈。

　　关系有这样的讽刺性，原因在于
　　各自认定的心理距离不同。

　　有时我们不把对方的委屈放在眼里。没有想到是自己的疏忽让对方感到委屈，没有想到对方的心是多么美丽，置对方的孤独不管不顾。为了不失去珍贵之人，我们需要经常努力去感受对方的心情，也要审视自己，是不是我的疏忽导致了两个人的心理出现差异，是不是在不知不觉间忘记了对方的珍贵？

难道不觉得可惜吗？

仅仅因为"差异"就让关系决裂。

不要对彼此的委屈视而不见，放任对方离自己越来越远。不要错过珍贵之人的珍贵之心。当对方表达委屈的时候，我们要主动向对方靠近。

靠近一步
要比疏远一步
简单得多。

名为"担心"的爱

有时,"担心"让人感觉像个沉重的负担。刚刚二十岁的时候,我毫无准备地去首尔追求梦想,连饭都吃不上。妈妈每天都问我很多忧心忡忡的问题:有没有好好吃饭,工作顺不顺利,钱够不够花,有没有哪里不舒服,过得好不好。

那时我战战兢兢,只想凭借自己努力生活,而母亲的担心为我闹脾气提供了最好的借口。"我会自己看着办，不要再问了。"我的不耐烦让母亲伤心至极。那时的我讨厌母亲的担心。我无法理解母亲，无法理解她用对儿子的担心填满了自己的人生。我觉得母亲没有自己的人生。她没有自己的梦想和目标，所以把全部精力都集中在了我身上。我怀着这种扭曲的想法，每次反应都很激烈。母亲从来没有发过火。是的。我讨厌别人为我担心。不，也许我讨厌的是让身边的人们为我担心的自己。

有一次，我看见母亲新添的白发，忍不住偷偷掉眼泪。原以为母亲会永远坚强地站在我身边，那一刻我深感惭愧。不求回报地付出一切的母亲，自己都舍不得买件新衣服，却为了不让儿子丢脸而给我买名牌鞋。她深知人生的艰难，希望孩子们不再过那样的人生，总是各种担心。每当我疲于生活的时候，母亲总是在我身边紧紧拉住我的手，用她为了经营餐厅而磨出老茧的手拥抱我。时隔几年，再次拉起母亲的手，我发现她的手是那么小，那么柔弱。

"妈妈，你的梦想是什么？"
"妈妈只是……希望你们的人生幸福。这就是妈妈的梦想。"

不知从什么时候开始，我成了母亲的梦想。不是富贵和荣誉，也不是什么所谓的成功，我的幸福就是母亲的梦想。这也是母亲担心的理由，因为这是比她自己的人生更重要的价值。或许归根结底，我们所有人的梦想都会转移到"人"。

回头看看，每当我摇摆不定的时候，我都会对他人的担心吐露不满。我已经在担心自己了，哪里还有余力承受别人的担心。现在，我的心里似乎有了余地，愿意接受别人对我的担心，更把这种担心理解为爱。当我一次次跌跌撞撞的时候，当我被自己压抑着的时候，我把周围人的担心视为负担。可是现在我明白了，其实那是他们对我深深的爱意表达。在连我自己都放弃的时候，他们努力让我站起来。现在我才逐渐明白他们对我的心，这或许意味着我到了回报他们的时候，回报我从他们身上获得的爱。满眼担忧地注视某个人，也就意味着想要陪伴那个人走到底。

直到现在母亲仍然担心儿子有没有按时吃饭，工作顺不顺利，有没有生病，有没有相爱的人，最重要的是，过得是否幸福。现在我会笑着回答，妈妈，儿子过得很好，您不要担心。请相信我，不，请把一切交给我。

有没有吃饭，
有没有生病，
这些话的含义是"我爱你"，
是我想陪你一路走到底。
请永远不要忘记。

或许

归根结底，

我们所有人的梦想都会转移到"人"。

努力就能做到的事

有人问我，怎样努力去爱。

爱人的心是自然产生的，与意志无关。

疏远也是自然而然的过程。

怎能用自己的意志来调节心呢？

是的。

爱的产生和消失

不能凭借自己的努力去改变

甚至是不能努力的那一部分。

如果为了强迫变心的人爱自己而努力
那么接受这种努力的人将非常悲惨。

努力不能生出本来没有的爱意
努力也不能让绽放的爱情枯萎。

已经偏离的心
不能强行扭转。
就是这个道理。

有些事可以通过努力做到。

那就是
守护此时此刻的相爱之心。

只要心里想念，可以不顾山高水长

尽可能腾出时间，只为了相聚片刻。

从缺点的另一面发现可爱之处
再仔细看一看
曾经让自己坠入爱河的样子
不要让最初的感情变得模糊。

寻找
因为距离太近而错过的感恩时刻。

感受彼此，不让爱情逃跑。
永远感谢对方陪伴在自己身边。

不爱的人，不要再去爱
远去的心也无法挽回。

如果此刻你正爱着一个人
那你完全可以用努力守护相爱之心。

守护爱情的全部行为

我们就叫做"为爱付出的努力"。

学 习 爱

从前我忽略了自己
自从遇见你以后
我开始温暖地拥抱自己。
我只是爱上了美丽的你
拥抱
渗透进我身体里的你。

爱情的伟大

爱情的伟大在于
我小小的举动
能让对方幸福一整天
或者不幸一整天。

一个小小的举动而已。

我付出的爱，你得到的心

做出漂亮的形状，剪掉凸出的部分，如果哪里有不足，就继续缝缝补补，如此反复。这样做好的心怎样传递出去，怎样才能传递给你？我曾为此辗转反侧。装在华丽的盒子里，浪漫地交给你怎么样呢？想来想去，我还是放弃了。因为我知道我没有这方面的才华。

试图传达给你的心意，或许从开始就只有我自己在苦恼。我为什么如此渴望，难道是沉浸在某种幻想中了吗？或许爱情本来就是由利己之心构成的吧？爱上不爱我的你，可以用单相思这个美丽的词语来表达吗？其实我知道。爱情的形状并不重要，传达的方式也无所谓。我把苦苦思考了一夜的心交给了你。如果盛进更漂亮的盒子，是不是就能到达你心里？不，不会的。我交给你的是爱，你收到的却不是爱。仅此而已。

成 熟 的 爱

成熟的爱
对对方的付出并不敏感。

自己付出真心的时候
不会附加任何条件
不会要求对方也付出同样的心。

他们不会隐藏感情

也不会算计。

只是坦率地表达
自己对爱人的心意。

他们从不计较对方是否为自己付出。
如果对方不懂得接受自己的爱
他们会冷漠得可怕。

如果发现对方
不把自己的爱放在眼里
他们将做好离别的准备。

离别的原因很简单
"我不再爱你。"

他们很清楚
正确地爱他人的方法。

要么对懂得自己价值的人倾尽全部
要么对看不见自己价值的人
毫不留情地转身。

他们不会因为爱情而悬梁自尽。
但他们做好了为爱拼命的准备。

他们只能这样。

因为他们太爱自己。

窗外盛开的花

看不见窗外盛开的漂亮花朵
只看见映在玻璃窗上的自己。
花儿开了几次
终于枯萎。

你将怀念很长时间
尽管从未仔细看过。

水 彩 画

心里有了你的痕迹
任凭岁月怎样洗刷
反而充满了岁月。
随意挥洒出黎明的天空
却又变成了一幅你。

彼此最美丽的年华相遇在十字路口

我遇到了你。我朝你走去。或许遇见你是偶然，爱上你却是必然。我们可以暂时停下脚步。在停下来的地方，如果我们可以一起老去，那就足够了。比起前行，我更想要无限期的驻足。我们走着各自的人生路，停在路中间，相爱一段时间。

那时候我们不知道，最亲近的关系同时也意味着随时可能错过对方。

曾经的痛苦，现在的爱情

我曾为爱情痛苦，感觉爱情是负担。看到无法缓解我的委屈的对方，我常常感到崩溃。那时的痛苦改变了我很多。为了从开始就不让自己受伤，我试图和他人保持适当的距离。为了不成为付出更多的一方，我选择了少付出。与其让自己失望，我选择了不期待。我相信世间所有的人都这样生活。

我把对爱情的怀疑代入到你身上，反反复复在心灵深处告诉自己，这是无奈之举。我只把微不足道的心交付给你。我如此卑鄙，可是你和我不同。你毫不犹豫地表达自己的感情，像从未受过伤似的爱我。你不怪我不主动，而是先行走上前来，站在那里，冲我露出灿烂的笑容。

现在，我知道了。你也不是没有痛苦。我因为过去的痛苦而推开了你，而你踩着过去的痛苦站在我面前。我用痛苦注视你，你用爱注视我。你离开之后，我才明白，我从前的痛苦不应该由你负责。

Part 5

致离别

有的爱情在离别之前就已经结束

有的爱情在离别之前就已经结束

　　世界上有很多种离别。短暂爱情的结束，与比家人还亲近的人告别，从朋友到恋人，再从恋人到陌生人。有人失去爱情，有人抛弃爱情。有人牵手到底，有人最终放手。有人提出分手，有人被迫分手。哪样都不轻松，哪样都不可能没有痛苦。

　　我们很了解被迫分手者的痛苦，然而对提出分手者的痛苦却看不清楚。当爱情继续下去已经毫无意义时，握着已经结束的爱，不得不提出早已注定的分手结局，同样很痛苦。

对于分手的预感，爱情走到最后的征兆并不会只走向其中一方。不想再为对方牺牲，渐渐感觉爱情成为负担的时候，不是讨厌对方，而是对彼此的关心消失了。爱得越深，爱情的终结越会同时传达给双方。

在爱情快要结束的时候，有人感觉到撕心裂肺的疼痛，有人感觉到百无聊赖。只想着自己被忽视的感觉，轻易忽视了对方的悲惨心情。对于传递到自身的离别气息，用熟悉感加以覆盖。对方好不容易吐露的真心，我们却视而不见。有人把对方的爱视为理所当然，有人在准备分手。

出于对分手的恐惧，或者因为浮现在眼前的从前的回忆，强行将本已结束的关系继续推进，反而会让从前相处的时光黯然失色。对已经走向结束的爱情置之不理，柔弱的心无法忘记彼此的时候，两个曾经深爱的人都会不可避免地受到伤害。不论是提出分手的一方，还是被分手的一方，都同样痛苦。被分手的一方可以说自己没有主动结束关系，到最后也没有放手，以此给自己发下免罪符。提出分手的一方却只能独自承担分手的责任。

我们很容易对被分手一方的委屈产生共鸣，却对提出分手一方的痛苦置若罔闻。曾经真心相爱，因为两个人相处不再幸福而选择分手的时候，承受如此深厚关系的结局不可能只对一方是痛苦，对另一方却很轻松。难道只要没有最后提出分手，就意味着始终在守护爱情吗？提出分手就意味着抛弃爱情吗？已经结束的爱情，谁来画句号并不重要。持续多年的爱情走到尽头的时候，两个人都会察觉到离别的征兆。两个人相互协调多年的爱情温度发生变化，不可能只有一方察觉。有人回避，有人正视。有人握着关系背弃爱情，有人保留着回忆结束关系。

被分手的人对爱情结束的后知后觉，以及因此感受到的痛苦，与提出分手的人预感到爱情结束，在无数个崩溃的夜晚感受到的痛苦并没有什么不同。

有的爱情在分手之前就已经结束。

失去爱情后学到的东西

电影《怦然心动》细致描绘了孩子们面对爱情的模样。女主人公朱莉对隔壁新搬来的邻居布莱斯一见钟情，凭着自己特有的坦率向他靠近。很快，他们就开始了生涩而真诚的恋爱。像在白纸上涂色一般，他们坦率地表达彼此的心意。看着他们的样子，观众们忍不住露出笑容。孩子们的爱情有着成人无法感受到的特别之处，那就是对待爱情的"坦率模样"。

小时候，我们并不害怕自己坠入爱河，还可以感受到心跳的悸动。当然也会有点儿害怕"万一那个人不爱我怎么办"，但至少不会在爱情还没开始的时候首先想到伤痛。在体验过爱情的伤痛和离别的痛苦之前，我们面对爱情分明是坦率的。随着岁月的流逝，我们受了很多伤，为了不再受伤，我们选择适当地付出。因为恐惧离别的痛苦，我们亲手斩断了越来越浓的爱情。

长大后，我们知道了，两个经历过不同痛苦的人想要敞开心扉、靠近对方是多么困难的事。踏着恐惧走向彼此的困难超出想象，然而我们还是经常看到有些人毫不掩饰自己的感情，坦率地走向对方。他们毫不犹豫地付出爱。有了心爱的人后，他们会听从心灵的呼唤勇敢前行。他们的脚步毫不迟疑。更准确地说，过去的伤痛没有让他们迟疑不决。难道他们只是单纯或勇敢吗？不是的。比起付出之后可能受到的伤害，他们更害怕因为犹豫不决而留下的悔恨。不留遗憾地去爱的人，不会因为受伤而崩溃。他们知道自己的爱是多么有价值，所以不会随便付出爱。

当布莱斯因为朱莉而苦恼的时候，爷爷对他说：

"有人遇到平凡的人，有人遇到有光芒的人，有人遇到闪闪发亮的人。但是，每个人的生命中都会遇到一个像彩虹一样绚烂的人。遇到这个人的时候，别的一切都无法与之相提并论。"

我是什么样的人呢？不，在今后要遇到的恋人眼里，我将会是什么样的人呢？我想做一个在爱情面前不卑怯的人，至少不要因为以前的伤害而傻傻地错失现在的爱。我不要做这样愚蠢的人。

懂爱的人不会爱上卑微之人。彩虹只会出现在不留悔恨地爱自己所爱的人身旁。

失去爱情后，我们学到的
是充分痛苦的勇气吗？
还是让自己不受伤地去爱的方法？

比起因思念着得不到回报的心而感到的悲伤，
我更害怕的是面对与珍贵之人离别时泰然自若
的我自己。

离 别 的 路

一起走了很久的爱情之路结束后，
我们走上了离别之路。

"从现在开始就是离别之路了。"
我无言以对。

"再见，不要悲痛。"
你颤抖的声音打湿了我的心。

我压抑着汹涌的眼泪。

——好的，你也是。

就这样，我们放开了彼此的手，一起走上摆在我们面前的离别之路。离别分为两个阶段。第一个阶段比想象中来得更早。

起先我们只是走上陡峭的离别路。其实我们已经预料到了，那个人也在旁边走着这条路。离别的痛苦和艰难，那个人分明也感觉到了。可是，离别之路不同于爱之路。我们感觉到彼此的艰难，却无法注视对方。不，那样是不行的。这是离别的第一个阶段。

"无论发生什么事，我们都不能见面了。"

在得知这个事实的时候，我崩溃了。一起走过相爱的路，痛苦时相互安慰、相互安抚的我们，以后再也不能干涉彼此的生活了。这个残忍的事实深深地刺痛了我，我的眼前模糊了。但是没关系。我们仍然一起走着，一起承受着同样的痛苦。

我们继续走过离别之路。我们谁都没有去看对方，因而不了解对方的情况。尽管如此，我们至少知道我们在一起走着离别的路。我们一刻不停地走，越来越疲惫。

像这样在持续的苦难中感到疲惫，没有力气继续前行的时候，在面对无法承受的痛苦而崩溃想哭的时候，想在那人的怀里委屈地哭诉自己很累的时候，在一次次提醒自己，绝对不可以回头，却忍不住转头去看对方走得好不好的时候，我们迎来了离别的第二个阶段。

那个人已经不在了。

可是,

离别之路不同于爱之路。

最后的瞬间

反反复复，我回头看了好几次
然而那个人一次也没有回头。
就连面对最后痛苦瞬间的方法
我们也是如此不同。

可能没有缘分吧

"可能没有缘分吧，就这么想吧。"
这句话带给我心灵的安慰
让我愿意相信
我们的分手是因为无可奈何的不可抗力。
如果我们的结束是我的错
如果这是凭我的努力可以改变的事情
那么我没有信心承受这结果。

所以我希望是因为我们没有缘分。

只能这样。

K某的记录

1.

只要用心爱过就不会后悔，这是谎话。无论怎样全力以赴地爱过，仍然会留下悔恨。所谓离别就是这样。离别总是会留下后悔这个讨厌的家伙。悔恨与回忆相遇，把日常生活变得混乱不堪。只要离别开始，从前的回忆就成了必须消失的对象。相处时的幸福变成各自的痛苦，我们需要独自治愈。离别是冰冷的。离别没有答案。离别不会回头，只会将我孤零零地放在空无一人的地方。可以依赖的只有时间。懵懵懂懂的，仿佛不是现实。仿佛有什么重要的东西从我的身体里剥离出去了。我应该清醒，可我又害怕清醒。

2.

只有小狗"豆腐"安慰哭泣的我。这个小家伙平时从来不会撒娇，这种时候我真怀疑它是个人。我也很喜欢豆腐。散步时把狗链交给它，它就挥来挥去，看不出是谁在带谁散步。那样子真的好可爱。刚才止住哭泣，下定决心再也不去想那个人，然而不知不觉又想起来了。那人已经占据了我生活的大部分。只要我稍稍转头，就能看到那人留下的痕迹。我真的能忘记吗？无法想象。

3.

回想起来，我们连个像样的告别都没有。现在，我们一句话也不能说了，还有比这更虚无的结果吗？我们不了解彼此的情绪，也不能去了解。我们失去了分享情绪的理由。他一次也没有打电话给我。难道他不像我这样痛苦吗？或许早已回归日常，过上平静的生活了。也许根本没把我放在眼里，坚定地营造着自己的幸福。

4.

那又怎么样？期待他不幸吗？我们都要幸福。我不也是在为了这个目标而全力以赴吗？为了忘记他而努力的我，努力在离开他之后幸福的我，如果期待他过得不幸，那就是巨大的矛盾。我低声地说，希望他幸福。可是想到没有了我，他却很幸福的样子，我还是会感到心痛。

5.

唉，好危险。差点就给他打电话了。我只是想跟他做最后的道别而已，幸好忍住了。起因是在整理房间的时候，无意中发现了他的一封信。即使发

现了，也不应该打开的……不过发现这封信还是有
收获的。看来他真的爱过我。我似乎能以更好的心
态和他告别了。

6.

我无法开始另一段恋情，原因很简单：我会想
起和他的对话，想起他的梦想，想起和他在一起时
的空气。如果是他，应该会有这样的反应……如果
和他在一起，我应该不会这样做……这不是我的本
来面目……和他在一起的时候，我在想什么呢？看
他什么都想不起来了，他一定过得很轻松吧。我还
无法和别人交往。

7.

如果早知道会这样，我们还会开始相爱吗？
不，不会的。如果早知道是如此痛苦，我们不可能
无所畏惧地靠近对方。那么，我们是为了结果而相
爱的吗？如果没有结果，我们的爱就失去意义了

吗？脑子里纷乱如麻。不知道我们的爱究竟有什么意义。感觉情绪有点激动，可能需要睡会儿觉，尽管我不知道能否安然入睡。

8.

我恨死他了。为什么我们要分手？原来的样子多好啊，即使暂时不喜欢，也可以再坚持一下，不是吗？怎么会那么轻而易举地斩断所有的回忆？一定是我看错人了，我后悔爱上他。

9.

喝过酒，我给他打电话。他没有接电话，只发了一条信息，说希望我幸福。我在我们并肩坐着笑过的椅子上独自哭了好几个小时。

10.

也许一切都是我的错。他什么错都没有。如果我更好点儿，也许我们就能携手走得更久。不对，回想起来，我好像也尽力了……难道真的是因为该死的时机吗？如果爱情要被所谓的时机左右，那么我不想再爱了。爱情分明比想象中更无力。

11.

不知道他过得好不好。以前他经常因为不好好吃饭而生病，不知道有没有不舒服。我曾经一度怀疑过我们的回忆，埋怨你从来没有回头看过。现在我知道了，我愿意接受。现在的我们对于彼此来说什么都不是。

12.

一想到那个人，就立即投入其他想法。这有可能，虽然感觉有点苦涩，但至少比以前过得轻松，总算谢天谢地。偶尔想起来还是会鼻尖发酸。即便这样，我还是可以像平时一样生活。把涌上心头的情绪强行压下去，能够忍住已经是巨大的进步了。不过，我还是想见他一面。

13.

很长时间过去了。虽然偶尔还是会想起，但是心情的起伏已经不再那么强烈了。偶尔我会好奇他的情况，但还是可以控制住自己，不至于去拨打他的号码。有句话想对你说：对不起。谢谢你。以后我们要各走各的路了。以后我们会遇到新的人，开始新的恋情。想起当时的情景，我已经不会再流泪，不会因为那时的情愫而无法入睡了。但是，我们相爱的那段时光已经成了我们的一部分，塑造了现在的我们，无论我们喜欢与否。我们就这样，以被对方改变的样子重新上路。我一个人想着不可能对他说的这些话。是的，没有最后的告别又如何？什么都不说，就像对方从来没有存在过一样各走各的路，这才是真正的离别。我们相爱的时光已经消失在我的身体里了。现在，我似乎稍微懂得爱情的意义了。再见，祝你健康。

14.

吃美食，边看喜剧边笑，路过和他一起去过的场所的时候，偶尔会想起他。如果某一天偶然相遇，我应该可以一笑而过。我突然有了这样的想法。他真的给了我很多。那段时光将会成为我人生中最绚烂的一页，被永远保留下来。接下来我应该可以对下一个人付出更深的爱了。他也一定会的，希望是这样。再记录下去没有意义了，就到这里吧。最后，我的"豆腐"生小狗了，生了三只非常可爱的小家伙。就这样吧。真的再见了。

无论怎样全力以赴地爱过，
仍然会留下悔恨。
所谓离别就是这样。

A某的记录

1.

说爱是不变的，这是谎言。爱情随时都做好了改变的准备。以为爱情会随着时间的流逝变得更深，或许根本就是不可能的。在一起的时间越来越长，为什么爱情的深度却越来越浅了呢？或许爱情就是通过蚕食自我来延长在一起的时间吧？勉强撑下去，只会留下越来越多的伤痛。尽管如此，我还是觉得现在太残酷了，只能抓住希望的衣角。

2.

不知从什么时候开始，他变了。联络的次数减少了，见面也少了。任何情况下都把我放在第一位的他已经不在了。每天夜里温柔地听我说话的他也不在了。如果我少爱一点的话，会更容易撑下去吗？不，我还是老样子，分明是他变了。我按照原来的速度走，他却落后了。是我爱错了。我的心愿就是罪过。明天是休息日，我期待他至少可以打一通长长的电话，结果他只发了一条信息，说自己很累。等待太孤独了。消极的想法在脑海里胡乱回荡，睡不着。

3.

虽然现在的我们踉踉跄跄，但是回想起来，我们还是留下了很多美好的回忆。是的，我们的爱不会这么轻易改变。或许这也是转瞬即逝的瞬间而已，是以后可以笑着谈起来的爱情插曲。没关系。像从前一样，像我们刚刚相爱的时候，只要再次向对方走近就行了。因为我们都很了解对方，说不定会比从前更容易。是的。那时候的我们如此美丽，不能什么也不做，就这样结束。也许现在正是需要鼓起勇气的时候，就像从前的他那样，克服恐惧向我表达真心。

4.

今天我以一反常态的模样站在他的面前。看到我不同以往的样子，他又露出了和从前一样的眼神。

我觉得自己可以变得更好，或许之前我的努力不够。爱可以通过共同的努力来弥补。这个周末我要和他一起去特别的地方玩。最好是安静点儿的地方。比起人多的地方，他更喜欢在安静的地方默默地注视眼前的风景。

5.

周末我们不能一起去玩了，因为他有事，说很久没联系的朋友打电话了。他应该早点告诉我的，我有点失落，可是没有办法。不能因为我的贪心而推迟他和老朋友见面。我也不想妨碍他，不想剥夺他的幸福。只是看到他若无其事、毫无遗憾地选择和朋友约会，我还是有点儿心痛。

6.

他变了。表情漫不经心，语气也闷闷不乐。最重要的是他不像从前那样温柔地对我了。我想否认，然而这是无法否认的事实。回忆起从前的他，怀念用最可爱的目光看着我的他。在他身边怀念从前，感觉好心痛。我们还能回到从前吗？我不确定。

7.

我像什么事都没发生似的和他约会。一切都很好。像平时那样一起看电影，一起吃饭。他看起来也很开心。夜深了，我们去了常去的酒吧。借着酒劲儿，我把平时让自己感到痛苦的职场上司的事告诉了他。这是我的失误。

8.

你是不是太敏感了？我也理解他的立场。你本来也有点儿偏。不，那只是我的想法。那个人也有他自己的立场。职场生活就是这样的。要么辞职，要么忍耐，还能怎么样？不知道，我不知道。其实，坦率地说，我不知道那个人有什么不对。我是这么认为的。哎呀，怎么了？你怎么又不说话了？知道了，知道了，对不起。休息的日子我们也要谈论这些事吗？我们说点儿别的吧，说点儿愉快的事。嗯？怎么了，你哭了吗？啊……我真要疯了。你怎么又哭了。啊，对不起。别哭了，嗯？

9.

好委屈。感觉好像有一堵无法跨越的墙挡在我面前。好闷，喘不过气来。泪水止不住地流。

10.

回家的路上，我们一句话也没有说。他没有问我为什么流泪。他对我的痛苦不再关心。他无奈的叹息深深地刺痛了我的心。我的痛苦在他看来什么都不是。

11.

最后，我做了他最讨厌的举动：坐在家门口的长椅上聊天时，我起身离开了。这是我们开始恋爱时就约好了绝对不要做的事，可是我没有遵守。没办法了。感觉坐在那里马上就要掉眼泪了。我再也无法忍受，他根本不去尝试理解我的立场。不，我无法忍受对他产生的失望情绪。最重要的是我不想在他面前哭泣，也不想再次被他的叹息刺痛。我的眼泪在他看来只是麻烦而已。现在，即使我很悲伤，也不能再在他面前哭了。

12.

在他看来，我算什么呢？我可能只是和他共享回忆的关系，除此之外什么都不是。仿佛只有我一个人在紧紧抓着已经结束的关系，这让我感到痛心。我们的未来会幸福吗？我没有信心。我在他的身边感觉不到幸福。和他在一起，我感觉自己很可怜、很孤独。

13.

我们之间渐渐冷漠。我也不再像从前那样靠近他。问题出在哪里呢？我们还能对彼此敞开心扉吗？如果可以的话，我们能够真心理解对方的情绪吗？其实我知道，他不是不能理解我，而是不想理解。他，不再爱我。

14.

接下来的日子和平常一样。我们保持着形式上的联络，只把最少的时间投资给对方。一切都没有改变，只是更忙着过各自的生活罢了。我不再渴望他的关注，也不再要求他多表达感情。我们对彼此没有任何要求，争吵自然也就减少了。他看上去很轻松，说谢谢我的理解。关心越来越少，争吵随之减少，他却觉得轻松，真令人悲伤。我的关心在他看来是什么呢？他想从我这里得到什么呢？我现在的样子不是真正的我，不是以前爱着他的我。如今我没有信心在他面前表现自己真实的模样。不再表现真正的自己，其实像是即将远离对方的宣言。难道我们之间不保持距离就无法放松吗？不隐藏心事就不能风平浪静吗？我没有信心再受到任何伤害了。我们之间似乎需要时间。

15.

"我们……找个时间谈谈吧。"

16.

我们需要时间，确认我们之间是否还有爱的时间，确认如果没有对方能不能回到各自日常的时间，确认我们在一起是否正确的时间，确认自己真实心意的时间。我以为会无所谓。我以为会一如既往、若无其事地生活。可是没有了他，我的生活好空虚；没有了我，他的生活充满不安。偶尔我会一个人哭泣。当然，这也只是暂时的。我渐渐适应了没有他的生活。一个多月了，他一次都没联系过我。不论他是否承认，这就是他对我的心意，也是他对我做出的回答。

17.

我想起第一次见他的情景。那时的我们仿佛命中注定，无所畏惧地靠近对方。我没有对他说过，其实那时的我很害怕，可是我依然向他靠近。那是因为我从他看我的目光里感觉到了深深的震颤。那是从其他人眼里找不到的对我坚定的真心。我怀念那个时候的我们，怀念那个时候充分信任对方的我们。想起那时候，我无法想象有一天我们会疏远。我越来越确信，我们再也回不到那个时候了。现在我承认了：你，不爱我。

18.

他偷偷地买了花，来到公司门口，说对不起，以后不会让我痛苦，说他真的很爱我。我从他颤抖的声音里感觉到了深深的真心。可是，这份真心变成锋利的锥子，肆意刺痛着我的心。奇怪。从未有过这样的情绪。我莫名地流下了眼泪。

19.

其实，他的真心之所以让我如此悲伤，是因为我发现自己不再为他的真心感动，发现我们再也无法回到从前。我不想再让任何人痛苦，也不想在我们的爱情中留下更多的痛苦。收到他真心的那天，我做出了分手的决定。

20.

我穿上了最合适的衣服，点了他喜欢的食物。时间定在不太晚的时候。脚步很沉重。和平时没什么两样的下午，我们在常去的咖啡厅角落里分手了。

21.

回家的路上，我坐在经常坐的长椅上哭了许久。我不知道为什么会这样。不是对从前的悔恨，也不是对他心怀不舍。心里空荡荡的，悲伤肆意汹涌。在那个留下过我们笑声的空间里，在我们曾经耳鬓厮磨倾诉爱意的路灯下，我发出呕吐似的哭声。直到深夜，我久久没有起身。

22.

再坚持一下会怎么样呢？如果我们不说分手，而是敞开心扉谈谈呢？坦率地说出自己的情绪，结果会怎么样？最后一刻，如果我们对彼此更坦诚些，会怎么样？那么，现在的我们会有一点点不同吗？还能像从前那样在一起吗？不会的。死去的爱绝对不可能复活。褪色的爱无法恢复原来的模样。不，根本就不存在强行恢复的义务。爱情本身才是守护爱情的理由，爱情消失的瞬间，理由也消失了。枯萎的爱情没有力量。仅凭回忆延续的关系尤其没有意义。回忆在失去爱情的瞬间就变成了痛苦，成了需要忍受煎熬的过往。当我们目睹爱情的变化时，我们能做的事情并不多。

23.

深夜他打来电话。我犹豫了很长时间，最后还是没有接。我们结束了。结束就是结束，不需要再多说什么。凄惨的我们，痛苦的我们，比任何人都更美丽的我们，我们的爱情变成了曾经，然而我们都在彼此的人生中留下了无法否认的痕迹。这就足够了。无须抱怨，无须遗憾。真心希望他幸福。

24.

我独自出来旅行了。我选择了没有留下过我们痕迹的地方。我还不想独自面对我们的痕迹。在我们的回忆面前，我还没有信心做到泰然自若。回想起来，我们一起度过了很多时光。第一次看大海的时候，什么计划都没有就买火车票的时候，像学生时代那样戴着搞笑的发圈去游乐园的时候，看着新年第一次日出为爱情盟誓的时候，第一次带着小狗"豆腐"散步的时候，谁也没想到我们会变成现在这个样子。虽然我们变了，可是我们曾经相爱过的事实不会变。若想没有痛苦地回忆曾经共度的时光，恐怕还需要很长的时间。但现在也不完全是痛苦。我很庆幸，至少我们的爱情没有留下太深的悔恨。将来回头看现在的时候，说不定会发现尚未发现的悔恨，但那又如何。无法传达给对方的爱，将会转向下一个人。我们将带着因对方而变得成熟的面孔投入另一个人的怀抱。

25.

我抹除了我们共同留下的痕迹，裁掉了挂在房间里的合影。我把全部的痕迹装进一个盒子。那是他以前送给我的礼物。现在我还没有信心扔掉。我把盒子塞进最不容易碰触到的地方。其实我有很多话还没来得及告诉他。谢谢你。我很幸福。我怕自己会舍不得，所以没有说出来。希望你不要否认我

们曾经爱过的事实。或许我有点儿贪心，可我希望
我们的时光成为永远的幸福瞬间，留在记忆深处。
我会想你的。想"豆腐"，想你。比任何人都更深
爱，因此留下最浓记忆的人。你经常不好好吃饭，
我有点儿担心。不过，就这样吧，再见。

26.

啊，我也想养一只小狗。我对"豆腐"的感情
太深了，恐怕受不了。既然这样，就养一只和"豆
腐"长得像的狗吧。那么，我会不会太难过呢？无
论如何，现在真的要说再见了。

说爱是不变的，
这是谎言。
爱情随时都做好了改变的准备。

告　别

漫长的旅行开始了。

所到之处都是熟悉的风。

这么美丽的花朵

都是我们大胆撒下的痕迹。

无论走到哪里，都会遇到那时的我们。

漫长的旅行开始了。

失去你之后

我们又不断地相遇。

琐碎的记忆

失去了你
又走过很长的时间。

有些记忆
依然让我流泪。

一起迎来的早晨
你吹头发的样子。

我搞恶作剧
你生气，转身而卧的样子。

吃着美味的食物
你露出幸福微笑的样子。
都是非常琐碎的场面。

仿佛回忆在教我
让存在很多不足的我
记住最值得珍惜的瞬间。

只有一个人努力的关系

为了维持双方关系而独自消耗时间
为了改善扭曲的关系而独自努力
不如意的时候独自沮丧。

一次次反复努力
最终还是放手的时候
如果对方只是
若无其事地过着自己的人生

那时候的虚无
是难以承受的。

我的努力
没有对那个人产生丝毫影响。

他的日常生活
不会因为我的转身
而发生变化。

我一个人对着空荡荡的天空
不停地伸手，那种被剥夺的感觉。

当如此巨大的痛苦笼罩我的心时
我们有必要考虑一下了。

我是在为两个人的关系而努力
还是在只为他一个人

不停地倾注心力。

我努力守护的"我们"之中
有没有属于"我"的位置？

在斑马线上

你对我丝毫不好奇，从不关心我在你身后做出什么表情，感受到了什么情绪。尽管这样，我还是执着地走向你。不知从什么时候开始，注视你的背影已经成了习惯，不知不觉间我已经丧失了独自转身的勇气。可笑的是，很久以前就已经结束的关系，我还在拼命挽留。我只是在艰难地追赶。也许是我在一直否认，我们的爱情已经到期，你的路上不再需要我。从你无情的背影中，从你根本不在意我而迅速离开的脚步里，我看到了你从前的模样。你不想和我并肩前行。我只是偶尔想你，所以盼望你回头看我一眼，盼望你像从前那样用温暖的目光看我，偶尔像从前一样露出微笑。我忍受着现在的你，等待着重新牵手的那一天。啊，我只期待这些。只有我在努力守护我们的爱情，像个傻子似的不懂得放手。

我停下脚步。你一个人走了，已经走出很远。走到斑马线前，你似乎感觉缺少了点儿什么，终于回头看了一眼。现在的我，如果不停下来，就得不到你的视线。

"干什么呢？还不快走。"

直到那时我才明白，
对你来说，我只是个义务。

——信号灯变了。就到这里吧，再见。

可笑的是，

很久以前就已经结束的关系，

我还在拼命挽留。

我只是在艰难地追赶。

那时的我们

你还记得吗？那天在纷乱的对话中，我们只想努力捕捉对方的声音。不喜欢喧闹的我们，第一次去了豪华的酒吧。我们面对面坐着相视而笑。我们就那样看着对方，静静地笑。不会喝酒的你豪爽地点了白酒。我知道你是在逗我，可你真的很不听话。真的，我也无可奈何。

浓浓的黑暗渗入夜色，音乐从嘻哈变成爵士，人们开始倾诉隐藏的心事。你的脸颊涨得通红。我不知什么时候坐到了你的身边。你知道吗？当时你跟我说起了很多关于公司同事的故事，其实我已经记不清了。我只顾着看你，走神了。今天总是想起当时的情景。大家都吵吵嚷嚷，只有我们停留在暂停的时间里，只要看着你，我的心底就感觉热乎乎的。你对我说，世界就是大量的个体聚集在一起生活。当时我有点儿失落。怎么说呢，我希望我在你心里是稍微有点儿特别的人。我希望你在人生中能为我腾出小小的位置。

那时候的我们不知道会变成现在这个样子。其实，这是最让我难过的。和我们停留在彼此身边的时间太短相比，和你说世界归根结底是一个人相比，最让我难过的是当时什么都不知道，幸福笑着的我们。我坚信我们的爱情会持续到永远，那时的自己真的让我好难过。还记得吗？那天在纷乱的对话中，我们只想努力捕捉对方的声音。我们在对方心里注入了永不消失的爱情回忆。那时，我们陷入了无法走到永远的爱情。

治愈伤痛的方法

人生在世，谁都会经历几场爱情
并在心里刻下伤痕。

我们以各自的方式治愈伤痛。

在抹除爱情的过程中
为了熬过痛苦的时间
有人选择了恨对方的方式。

也有人怀揣着难以忍受的痛苦
把美好的时光留在记忆里
在痛苦的时间里充分停留。

他们不会因为从前的痛苦
而恐惧新的爱情。

也不会因为过去受到的伤害
试图从新的爱情中得到补偿。

他们不会因为爱的伤痛
而否定爱情。

如果你正在经历离别

即使有点儿痛苦
也不要选择恨对方的方式。

也不要责怪爱过对方的自己
更不要觉得那段时间毫无意义。

与其在憎恶中放任伤痛
不如正视伤口愈合的过程。

不要让伤痛弥漫到下一段爱情。

当你不再为自己选择的爱情后悔时
当你可以真心拥抱那段日子里的自己时

才能把健全的爱
交付给下一个人。

人生在世，谁都会经历几场爱情
并在心里刻下伤痕。

面对伤痕的正确态度

可以塑造出更美好的自己。

而且
也会让我们更加了解彼此。

只 能 去 爱

　　如果我们没有全心全意去爱，就会执着于缘分。如果真的存在所谓的缘分，如果缘分之线朝向彼此，我会请求快点儿把你找回来。如果那条线没有连接彼此，那就请尽快斩断毫无意义的留恋。但是，当我们全心全意爱过以后，就不会在意是否存在缘分，也不会拉着缘分的衣角苦苦哀求。

　　会有分手后没有留下悔恨的爱情吗？所有的爱

情都会留下悔恨。因为疏忽、因为没能尽力而留下的悔恨和全力以赴之后的悔恨是不同的。因为当时的不成熟是我们无能为力的部分。如果带着现在的觉悟回到那个时候，或许我们会拥有更加智慧的爱情。不过，只要当时我们尽力爱过，就已经足够。因为当时爱对方的不是现在的我，而是那时候的我。

如果有人问是否存在缘分，我想说：我不知道，这个问题并不重要。只要过好现在，不留遗憾地爱此刻身边的人，即使离别之后感到痛苦也不否认这份爱就好了。这是我们能做到的全部。爱情没有捷径，只能去爱。

只要窗外有太阳升起

过去的季节总是抓着我不放，或许是因为你留下的痕迹吧。阳光照在玻璃窗上，我们并排躺在那里。你看看我，我看看你。我们默默地注视着彼此的微笑。那一刻，我们不害怕任何苦难。现在，这一页已经翻过去了。你还好吗？我还好。我有很多话想对你说，却不能说，这让我感到痛苦。最让我痛苦的是我没有理由对你说话。我试图用岁月埋葬岁月。

如果我们在记忆之上持续写些其他的东西，让新的记忆渗透进来，说不定就会像读他人的故事那样漫不经心地回忆起我们。有一天突然仰望天空，或许会露出明媚的笑容。尽管如此，每当那个季节到来，每当走过一起去过的场所，每当熟悉的音乐响起，不，只要窗外有太阳升起，我就会想起你。

星　星

爱情不是对视
而是看向同一个地方。
如今不再相守的我们
唯一能一起看的东西。
夜空中的星星之所以令人动容
是因为我虔诚的心
渴望你和我看向同一个地方。

那时的你，那时的我

日落时分，夕照不是很长。好残忍，绚烂的美丽转瞬即逝，无法挽回的后悔成为无尽的时间。洗去不舍，就像伤口渗了水似的火辣辣地痛；正视悲伤，就像挖掉自己身体的一部分那般残忍。

我放弃面对，选择了置之不理。回忆被放置在角落，悲伤被深深收藏。我以为差不多成功了。然而对日常生活的焦点却在一滴眼泪中无力地模糊了。否定了很长时间的往事，一直没有被翻出来，以至于蒙上了厚厚的灰尘。回忆过去的时候，最让我痛苦的就是那个时候的我们美丽得令人心痛。

有人说，真正为离别做准备开始于不否认回忆、不回避痛苦。相爱的时光不能因为离别而褪色。现在的痛苦，不能归咎于曾经热烈爱过的时光。那是我们最天真、最懵懂的时光。我们变了，但是回忆没有变。那个时候的我们，依然夺目。

是的，让我们暂时收起离别这个词。

那时的我
爱着
那时的你。

作 者 的 话

　　姐姐成功入职了，作为纪念，我买了只小狗回来。我给它取名叫"福基"，没有什么特别的含义。从那之后，小家伙一直和我们家人生活在一起。晚上，它会钻进我的被窝，和我一起睡觉。我们一起走过喜欢的散步路。每次回家看到它用力摇尾巴的样子，我都会得到巨大的安慰。我以为我们在一起的时间还有很多。

每次出去散步，小家伙总是回头看，我没有放在心上，问题是出在这里吗？不知从什么时候开始，它不再吃自己喜欢的零食，我也没当回事儿，问题是出在这里吗？或者我觉得自己不该把它带回来，不该全心全意爱它？小家伙突然不会走路了，带它去医院检查的时候，医生板着脸说：

"脊椎部位发现了恶性肿瘤，请您做好心理准备。"

抱着福基回家的路上，泪水模糊了我的视野。七年的时间，太短暂了。望着日渐衰弱的小家伙，我觉得自己做错了。如果开始就没把它带回家，它就不用经历这样的痛苦。我每天都沉浸在这样的想法里，但姐姐对我说：

"因为有福基，我们真的很幸福，是不是？"

从那之后，我们经常带它出门。它的后腿动不了，我就抓着它的身体，让它只用前腿散步。姐姐的任务是分门别类地买它喜欢的零食。妈妈负责陪在它身边睡觉，不让它感到孤单。每到周末，父亲都会呆呆地抚摸福基。因为工作忙碌而很少回家的哥哥在远方安慰我们。就这样，我们都以各自的方式做好了送走福基的准备，把小家伙带给我们的全部幸福都保存在记忆之中。

所有的离开都会留下痛苦。尽管如此，我们还是要相爱着活下去。不是选择没有痛苦的爱，而是学习接纳离别之痛的成熟。到现在为止，我送走了很多珍贵的存在：告别了原以为可以相爱到底的人，和共同走过一半人生路的朋友说再见，抛弃了童年时代的梦想，失去了认为自己无所不能的自信。在这种情况下，我之所以还能站起来，是因为我相信所有的时间都不会白费，我有勇气守护所有的珍贵。

现在，我可以重新去爱了。我可以再次鼓起勇气前行。我可以朝着新的梦想前进，也可以爱上自己的不足。如果你记住的不是伤痛，而是爱，不是痛苦，而是幸福，如果你看到的不是自己的失去，而是收获，那么我们随时都可以重新开始。希望读到这本书的所有读者都能想起曾经被遗忘的珍贵，从而获得继续生活下去的勇气。